Serena Davis

Ces femmes dont on ne parle jamais

Carnets d'Elsa

Nouvelles

1.

La chute de l'Aigle

Je vole. Je vole au-dessus de mon lit. Comme un oiseau je vole, libre et légère. Mon corps en lévitation se soulève, jusqu'au plafond, porté par une force mystique. Dehors, il fait nuit. À travers la baie vitrée, les arbres étendent leurs branches qui montent, telles des ombres chinoises, dans le ciel étoilé. Un ciel bleu nuit.

Par la seule force de mon esprit, je m'élève et me déplace. C'est un super pouvoir. Du coin du mur, j'observe le lit dans lequel je ne suis plus. Enfin si, je suis là, mais pas là. Je suis partie sans coup férir, sans douleur, sans regret. Je préfère le plafond au plancher, c'est bien plus agréable. Le matelas n'est pas très confortable, et je ne peux pas bouger. Là, au moins, je suis libre de circuler. Lorsque j'étais petite, je m'entraînais déjà à voler. Je fermais les yeux, et je me concentrais jusqu'à ce que ma tête se mette à tourner. Tourne, tourne, ma tête, puis mon cou, mon dos, mon bassin et mes jambes, enfin tout quoi. Comme la pale d'un hélicoptère, je tournais, tournais, vrillais jusqu'au moment où mon corps s'envolait. C'était bon de le laisser partir comme ça.

De long en large, je laisse flotter mon spectre, cet autre moi, en faisant attention à l'ampoule, bien sûr. Un choc pourrait me réveiller et me faire retomber. Je ne veux pas chuter, surtout pas.

En dessous, il y a l'aigle et ses griffes acérées. Le ciel est mon refuge et sa roche est mon lit. Je me complais avec les anges, petits chérubins ailés dont les rires m'apportent joie et sérénité. Eux, m'entraînent dans un monde de lumière. Une lumière blanche dans la nuit noire. Cette nuit, je dors et je vis mon rêve.

Je pourrais, je suis sûre que je pourrais passer à travers les vitres. Je n'ai pas essayé. Ma méthode est assez archaïque. Il faudrait qu'un jour, je teste autre chose. Il paraît que les allants ont ce pouvoir. Du moins ceux qui s'entraînent.

Ce soir encore, je n'ai pas le temps d'essayer. Le mur se met à bouger, la pièce vacille. Son étreinte se resserre. J'entends son souffle rauque. L'homme qui m'oppresse va jouir. L'aigle s'est envolé et mon âme est rentrée.

Même pas eu mal.

2.

Le jeu d'osselets

C'est une après-midi d'été. Le ciel est clair et dégagé. Pourtant, son bleu semble aussi terne que les barres d'immeubles qui se dressent jusqu'à lui tels des bras qui se lèvent et se soulèvent, poings fermés, contre la vie. Ils ont voulu y mettre de la couleur, mais rien n'y fait. Dans la cité, le rose, le jaune, le vert brunissent. Des balcons, l'eau s'écoule le long des barres d'acier. Les gens fuient l'ombre qui les suit. Les mégots jonchent le sol bétonné. Des corps malingres, encapuchés, les ramassent, quand il en reste un peu. L'air répand des odeurs de soufre, effluves de poubelles ou de bécanes incendiées. Courbés par l'ardeur du travail, fatigués par le poids des soucis, les actifs recommencent leurs journées avec le même sursis. La douleur se lit dans les plis des visages de leur jeunesse éteinte par une cascade de rage.

Résignés, les anciens ont quant à eux depuis longtemps ravalé leur colère. Les bras croisés, ils comptent les heures à la fenêtre. L'esprit intrusif et voyeur, ils filment les vies qui se mènent au dehors, dans un corps qui les retient captifs à l'intérieur.

Ici, les vies sont engluées dans une toile d'acier. Dans le ventre des HLM, devant les portes et entre les étages, dans les cages d'escalier, dans les caves, dans le moindre espace affranchi, les enfants se retrouvent pour inventer leur vie. Une vie « hors les murs » qui se dessine dans les nuages de leurs esprits oisifs et de leurs cœurs naïfs.

Mounia, Leslie et Elsa « jouent » dans le hall de l'immeuble de Leïla. Elles sont venues chercher leur amie. Leïla n'était pas là. Elles sont restées sur les marches, au cas où, si cette dernière passait par là.

Assise sur la quatrième marche, Mounia passe ses doigts fins dans les cheveux de Leslie, calée entre ses jambes, pour lui défaire ses nœuds.

> — Ils sont beaux tes cheveux, dit-elle, tu as de la chance, moi j'ai les cheveux crépus. Du coup, je ne peux pas les coiffer.
> — Tu as des tresses, pourtant, répond la petite fille.
> — Ce sont des tresses africaines, ce ne sont pas de vrais cheveux.
> — Je peux toucher ?
> — Oui, tu peux.

Avachie dos au mur, Elsa observe ses amies, de la toute dernière marche, dans une attitude un peu lasse. Elle est fatiguée, Elsa. Elle s'ennuie, un peu, aussi. Elle est peut-être fatiguée parce qu'elle s'ennuie.

Elle s'adresse à Mounia.

> — Qu'est-ce qu'on peut faire ?
> — Je ne sais pas, répond la petite fille.

Leslie se retourne brusquement. Ses yeux verts brillent d'un éclat soudain et Mounia se dit que son amie est décidément très belle, avec ses cheveux blonds et ses fossettes espiègles.

> — On joue aux osselets ?

— Tu en as ?

— J'ai un sac.

— Fais voir ! dit Mounia. Je n'y ai jamais joué.

Delphine sort de sa poche les cinq petites dents argentées.

— C'est facile. Le rouge, c'est le Père, tu vois. Il vaut 10 points. Les autres, 5.

— C'est normal, c'est lui le chef de bande, ajoute Mounia.

— Ben, je ne sais pas, dit Leslie, moi je n'ai pas de papa. Mais dans le jeu, c'est comme ça.

Mounia la regarde, intriguée :

— Pourquoi ? demande-t-elle.

— Maman dit qu'un jour, lorsque j'étais toute petite, mon papa a tenté de me noyer dans la baignoire, et qu'elle l'a chassé pour qu'il ne me fasse plus jamais de mal.

— C'est pour ça qu'il est parti, ton papa ?

— Je crois.

— Et toi, Mounia, tu as toute ta famille ?

— Oui, j'ai mon papa, ma maman, mon frère et mes trois sœurs. Comme mon papa travaille beaucoup à l'usine, il est souvent fatigué et maman dit qu'il ne faut pas faire de bruit pour ne pas le réveiller. Alors, on le laisse dormir, et on va jouer dehors.

— Moi, mon papa, il est en prison, dit Elsa.

Leslie et Mounia tournent vers leur amie des visages surpris.

— Il a fait quoi, ton papa ?

— Il a voulu tuer ma maman.

— Mais elle est vivante, ta maman ?

— Oui. Parce que j'ai mordu le bras de mon papa.

— Tu lui as fait mal ?

— Très. Je l'ai mordu jusqu'au sang.

— Tu veux lancer les osselets ?

— Oui, je veux bien.

— Vas-y, commence !

— Je fais 1, 2, 3 et 4, d'abord. Le plus facile. Après on verra. Je ne suis pas forte à la « retournette ».

— D'accord.

— Mounia, regarde, tu vas voir, c'est facile. Après, tu pourras essayer, toi aussi.

À la fin du jeu, les filles comptent les points.

— C'est toi qu'as gagné, dit Leslie à Elsa.

— Oui.

— T'es forte ! Tu vas être joueuse d'osselets, toi plus tard, ajoute Mounia, admirative.

Le sourire de la petite Mounia découvre une dentition partielle, comme un clavier de piano. Ses yeux s'étirent pour former deux jolis grains de café.

— Moi, dit-elle, je sais ce que je veux faire plus tard !

— Quoi ? demande Elsa.

— Coiffeuse !

— Ah, je savais ! s'exclama Leslie. Tu tripotes tout le temps les cheveux de tout le monde. Moi, je ne sais pas ce que je veux faire. Je suis nulle à l'école.

— Ben, t'as qu'à faire serveuse, propose Mounia. Ma grande sœur fait ça, elle gagne son argent, elle s'est même acheté un scooter. Elle va bientôt avoir un appartement dans l'immeuble d'en face.

— Ah, oui, serveuse, c'est une bonne idée, je n'y avais pas pensé ! En plus, je crois que j'aimerais bien.

— Et toi, Elsa, tu veux faire quoi ?

— Moi, je veux être femme d'affaires !

Les petites filles lèvent des sourcils circonspects.

— Hein ? dit l'une.
— C'est quoi ? demande l'autre.
— Ben, j'ai vu ça dans un film. Une dame a perdu son travail et elle s'est mise à cuisiner des compotes de pommes pour les vendre sur les marchés. Elle a monté une « multinationale » et après, elle portait des tailleurs, elle présentait des plans dans des grandes salles avec tout plein de gens importants. Certaines méchantes personnes voulaient la faire tomber mais elle leur tenait tête et elle n'a rien lâché ! Alors, c'est décidé : plus tard, je serai comme elle. Je serai femme d'affaires. Je réussirai comme j'ai gagné aux osselets.
— C'est l'homme qui gagne l'argent, souligne Mounia.
— Moi, dit Elsa, je n'aurai ni mari ni enfant. Les hommes sont tous méchants !
— Ben moi, j'aurai un mari et beaucoup d'enfants ! dit Leslie en souriant.
— Combien ? demande Mounia.
— Au moins trois !
— Moi, je pense que j'en aurai cinq. Cinq, comme les osselets !
— Apprends déjà à jouer, rétorque Elsa en riant.

Lorsque Leïla apparaît dans le hall, ses trois amies rient aux éclats. Leslie offre son jeu d'osselets à Elsa.

— Tiens, tu pourras devenir encore plus forte, comme ça !

***

C'est un matin d'hiver. Derrière les voilages, aussi fins que des ailes de libellules, le ciel ouvre son bal de couleurs. Bientôt, l'encre du jour se répandra en mille nuances flamboyantes qui se dissiperont en un nuage de brume. Elsa aime se lever aux aurores pour profiter de cette vue orchestrale qu'elle admire du huitième étage de son appartement parisien. La Seine lui apparaît au loin, ses eaux bleu nuit miroitent la douce lumière des réverbères. Cette vie paisible se réveillera tantôt pour laisser place à un fourmillement d'individus, affairistes pressés tout de noir ou de bleu vêtus. Elsa aime profiter de ces instants de répit qu'elle savoure sur des notes de Brahms. Elle s'habille, s'accessoirise, se parfume, pour ne rien laisser au hasard. La cafetière moud le grain et laisse couler l'eau noire dont elle se gargarisera tout à l'heure pour se donner l'énergie dont elle a besoin. L'heure tourne, les couleurs du ciel se confondent. La nuit a été maquillée par le jour.

La journée commence, comme une danse endiablée. Elsa part, pressée, oublie son smartphone, revient puis repart, plus pressée encore. Sur le parvis de La Défense, l'arche de Spreckelsen apparaît, magistrale. Les tours de verre semblent défier le ciel. Leurs pointes le traversent de leurs flèches d'apparence prétentieuse ; inoffensives, pourtant. Le vent, froid et humide, vient fouetter le visage de la trentenaire qui se perd dans les milliers de regards contrits. Les montres, les téléphones, les valises, les chaussures dirigent l'orchestre des corps qui suivent, courbés, ces corps qui repartiront tout à l'heure en faisant les mêmes gestes.

Une jeune mendiante attend quelques euros qu'elle redonnera plus tard à un homme de main, peut-être le père du bébé, qui sait. Le bébé qu'elle (sup)porte, dans le froid et la faim.

Hier encore, Elsa avançait, aveugle, dans ce monde en couleurs qui était son manteau. Depuis quelque temps, elle se sent nue, pourtant.

S'aperçoit qu'elle est seule.

J'ai réussi.

J'ai réussi.

J'ai réussi.

Elle se dirige à pas lents vers la tour. Les autres la bousculent, impatients de retourner dans la grotte de verre.

Elle lève ses grands yeux noirs vers le ciel. Sort de sa poche le sac d'osselets.

Si je réussis ma « retournette », je ne vais pas travailler. Je fais demi-tour et... advienne que pourra !

Elsa réussit sa « retournette ». Une fois, deux fois, trois fois. Six ans qu'elle fait ça.

3.

Prisonnière

La revoilà, la vilaine. L'indicible, l'innommable pensée. Je l'avais chassée de ma tête, lui avais sommé de ne plus venir me voir, de ne plus venir troubler ma fête. Mais voilà qu'elle reparaît, après des années de silence, comme si elle attendait dans un coin de ma tête un simple appel pour pointer son museau, telle une chienne sans laisse. Réaction pavlovienne à la voix de ma maîtresse. Ah, il est trop tard ! Trop tard pour reculer ! Diable, je vais me marier !

Mais pour *elle*, il n'est jamais trop tard. *Elle* prend les devants, écrase les conventions et renverse le temps d'un simple revers de la main. Sombre déchéance ! Non, est-ce possible ? C'est un cauchemar vivant. Pas maintenant. Quel avenir m'attend ?

Je te regarde cuisiner. Tu occupes encore la cuisine. Hier, je trouvais cela charmant. Tu préparais de bons petits plats que nous partagions ensemble, assis sur le divan, nos jambes mêlées et nos cœurs accordés. Nos corps étaient d'accord. Nous refaisions le monde et nous étions en phase.

Je te regarde cuisiner et tout ce que tu m'inspires, c'est du dégoût. Je ne t'ai pas attendu pour dîner. Depuis quelques semaines, je ne t'attends plus. *Elle* m'oppresse et me presse, me somme de manger toute seule, pour éviter ce tête-à-tête insupportable. Nos opinions divergent, nous ne nous entendons plus. Je déteste quand tu as tort et que tu dis avoir raison.

Puisque j'ai déjà dîné, je n'ai plus faim et puisque je n'ai plus faim, les effluves me dérangent. La fumée, les grillades, toutes ces exhalaisons m'écœurent. Les bruits de poêles et de casseroles font un vacarme épouvantable. Je voudrais me reposer, allongée sur le canapé, un livre à la main, plongée dans la nébuleuse du silence, humer le parfum des fleurs qui ornent notre intérieur et que je ne sens même plus. Elles-mêmes sont étouffées par les volutes que tu expires quand tu fumes ton cigare. Entends-tu leurs cris ? Elles s'époumonent, mes fleurs, leurs pétales pleurent, leurs feuilles frémissent, leurs tiges se tordent de douleur. Pour elles, cette autre dans ma tête fait ce sourire ingrat qui nous transforme en leurre.

Comme j'ai déjà mangé, je t'entends mâchouiller et ce bruit est pour moi comme celui d'une craie sur un tableau : crispant. Quand tu ne mâches plus, je t'entends encore mastiquer. Comme c'est exaspérant !

Tu t'es mis à la peinture et à la musique. Pour me plaire, tu veux me ressembler. Au début, je trouvais cela mignon, et je t'encourageais. Tu jouais mal, mais tu progressais. Tu peignais encore maladroitement, mais tu t'améliorais. À présent, je te demande de mettre un casque pendant que j'écoute Yiruma. Je voudrais retourner tes tableaux qui entachent ma décoration. Ils me rappellent que tu es là. Ils sont tes griffes enfoncées dans ma chair. Difficile de t'effacer. Il faudrait te repeindre. De la peinture, tu n'en as pas assez.

Quand je ferme les yeux, j'imagine un cambriolage où les voleurs n'emporteraient que tes affaires.

Hier, je te trouvais beau. Désormais, tu me sembles vieux. Tes yeux sont cernés, tu as l'air fatigué et je te vois comme un miroir de moi. Tu fanes. Dans ta déliquescence, tu entraînes ma beauté. Je me vois usée, soumise à tes côtés. Je vole à dos d'Éros, tente de m'échapper. Éros n'est pas Éros : c'est l'aigle de Kadaré. Je chute. Je chute à tes côtés. Dans notre corps-à-corps, aucun ne peut gagner.

Hier encore, je te désirais. Désormais, te faire l'amour est une corvée. Il faut compter. Un, deux, trois, on ne peut plus le faire attendre, il faut y aller. Mais ça va vite passer. Quatre, cinq, six. C'est fait, allez ! Encore un, deux, trois tranquille puis quatre, cinq, six arrivent mais je suis lasse, rien ne m'apaise. L'appréhension est là. Je projette l'acte que je diffère. Mon vagin n'est plus qu'un instrument au service de ta faim, un petit bout de chair pour un amant vulgaire ! Oui, c'est ainsi que je vois ta queue, comme une saucisse velue. Je n'ai jamais aimé les saucisses. J'aime encore moins les poils.

Ah, *elle* me hante ! C'est *elle*, je voudrais qu'*elle* parte, que ce voile sur toi se soulève, que tu réapparaisses, avec ta jeunesse, tes muscles et ta peau nacrée. Reviens, mon amour !

Non, ces pensées ne sont pas de moi, elles sont d'*elle*, nous allons nous marier. Diantre, reviens donc !

Tu sens que je suis distante. Tu dis que je ne t'accorde pas assez de temps. Tu déplores le fait que nous ne fassions rien ensemble. Tu te sens comme un chien. Tu y vas un peu fort. D'accord, je pourrais faire un effort, mais serais-je encore moi, dans tes loisirs à toi ? Mes passions sont mon échappatoire, c'est *elle* qui m'y envoie. *Elle* me dévie de toi. Plus tu résistes, plus tu me livres à *elle*.

La nuit, tu ne dors plus. Tu t'agites, tu traficotes des trucs. Tu me réveilles souvent. Tes intrusions m'agacent. Mon sommeil est rompu. Tu ne dors plus donc je ne dors plus non plus. Mes nuits sans sommeil exacerbent ma haine. Comme tu ne dors pas, tu manges, grignotes, et tu en mets partout. Quand je m'assieds sur le divan, ça me gratte, ça colle, ça pue. Je ramasse les miettes que tu laisses. C'est peut-être moi, ta chienne. Je n'ai jamais aimé les maîtres.

Tu laisses les lumières allumées. Leur incandescence m'exaspère. Ces lueurs que je vois quand je me lève pour aller pisser, j'ai envie de te les jeter au visage et de te regarder brûler.

Si j'en suis là, c'est qu'*elle* me parle.

Tu as raison, tu n'as rien fait.

— Est-ce que tu vois quelqu'un d'autre ?
— Tu es fou ? Pourquoi tu dis ça ?
— Je ne sais pas… tu es… différente, on dirait que tu ne m'aimes plus.
— Oh, tu m'agaces avec tous tes soupçons ! J'en ai marre d'être accusée à tort. Tu ne me fais pas confiance.
— Non, je ne te fais pas confiance, parce que tu es bizarre. Tu as un comportement très étrange.
— C'est quand même inquiétant que tu ne me fasses pas confiance alors que nous allons nous marier.
— Elsa, ne remets pas encore en cause notre mariage !

J'essaie de m'échapper. Encore une fois. Arthur est mon quatrième fiancé. Il ne le sait pas. Il sait que j'ai vécu, que j'ai eu des amours, que je les ai quittées.

Je croyais que cette fois, c'était la bonne. Qu'*elle* avait disparu, une fois pour toutes. Mais *elle* était là, posée sur chacun, comme un papillon, léger, qui se pose et s'envole et revient se poser, plus léger encore. Il revient et reviendra encore, encore et encore. Jusqu'au dernier appel d'air. Le saut de l'ange sera la chute de l'aigle.

Dans tes yeux, je la sens, *elle* est cette flamme ardente qui me fait peur. *Elle* brûle dans tes billes de panthère. Tu deviens cet animal sournois tapi dans l'ombre, prêt à bondir sur sa proie ! Non, non, ne t'approche pas, ne viens pas me consoler, ne me touche pas ! Nous allons nous marier, devant Dieu, semble-t-il, mais c'est le diable que je vois !

Ne pose plus tes mains sur moi. Je ne sais pas ce que j'ai. Je pleure, je hurle, je tremble, mes jambes flageolent, je chancelle. Je me noie dans la source de mes pleurs.

Tu ne comprends pas. C'est *elle*, *elle* est là. *Elle* me pourchasse, plane au-dessus de moi, *elle* est le ciel, le soleil, les nuages, *elle* est le vent et les orages, *elle* est la lune et les étoiles, *elle* est ce jaune dans tes billes de panthère et toutes les couleurs dont tu te pares et toutes les odeurs que tu répands. Éloigne-toi de moi !

— Mais tu disais que tu m'aimais ? Comment peux-tu prétendre m'aimer hier et me dire aujourd'hui que tu ne m'aimes pas ?
— Je ne sais pas.
— Mais explique-moi, bordel, tu es malade ou quoi ? Est-ce le mariage qui t'angoisse ? Est-ce que tu veux que l'on reporte ? Tu sais, moi je suis sûr de moi, mais si tu n'es pas certaine de ta décision, on peut remettre ça. Rien n'est obligatoire. Je ne veux pas te forcer à faire quoi que ce soit. Je t'aime.
— Je sais.

— Écoute, ma chérie, prends ton temps, tu fais une crise. Ça arrive. C'est une épreuve, un mariage. Tu ne sais pas ce que tu dis. Je vais essayer d'oublier les horreurs que tu viens de me dire. Demain sera un autre jour. Reparlons-en lorsque la crise sera passée…

Lui aussi, faisait cela. Il m'infantilisait. Je n'étais pas capable de penser. Mes pensées étaient toutes coupables de non-sens, capables d'insanités. J'étais le diable dans les yeux du diable.

Dans tes mots, ce sont ses mots que je lis. Dans ta voix, c'est sa voix que j'entends. Je voudrais me boucher les oreilles tant ses cris stridents m'obsèdent et me déchirent le ventre. Sors, sors de mon âme ! Des bruits assourdissants me transpercent de part et d'autre, tels de petits couteaux aiguisés. Ils se meuvent dans la plaie de mon cœur, le font saigner, dégouliner, pour le percer. Un cœur tout à plat, un cœur crevé. Alors, dans un dernier soupir, il meurt, mon cœur, et *elle* prend toute la place.

La haine.

Je te hais, toi, lui, je hais tous ces « lui » qui s'immiscent dans ma vie. Dans la tendresse de tes caresses, je crains la brutalité de ses coups. Dans la caresse de tes murmures, j'entends la violence de ses insultes. Dans les murmures de tes étreintes, il me déchire le flanc.

Je te hais. Je t'aime et je te hais. Je t'aimais, je te hais. Je veux hurler sous la pleine lune, crier avec les loups ! Mes pleurs inondent mon cœur toujours tari de cet amour qui n'attend que la haine. Désespéré, il se penche à la fontaine de ton poison.

L'amour est ma prison.

J'ai pris ma décision.

Elle l'a prise à ma place.

Car pour contrer la haine, il n'y a qu'une solution : la fuite. Encore, jusqu'à la perdition.

Je regarde vers la cuisine et tout est calme. Les placards sont rutilants. La table de travail est impeccable. Sur le bar, j'ai ajouté des fleurs : des lys et des callas. Je verrais bien des becs d'oiseaux, un nid de paradis !

L'air est bon. Il sent la vanille et l'oranger, le musc et la fleur de coton. Mes livres ont repris leur place où tes cahiers de partition se sont fermés. J'ai déplacé les meubles pour mieux ranger. J'ai nettoyé, astiqué. En une fraction de seconde, je t'ai oublié.

Ma haine t'a emporté. De l'amour à la haine, le miroir a tourné. J'ai refermé une nouvelle fois les fenêtres sur ma vie passée.

La fuite est une échappatoire. Elle n'est pas un simple départ. Le départ implique le commencement. On peut dire « à partir de ». On ne fuit pas de quelque part, on fuit vers un nulle part qui n'est que le dé « part ». La fuite est un perpétuel recommencement, un renoncement.

— Mais enfin, comment peux-tu m'avoir oublié si vite ?
— Ne m'approche pas !
— Laisse-moi au moins te parler. Accorde-moi ce dernier entretien, que je comprenne. Tu me dois bien ça…
— Je ne dois rien à personne.
— Contre qui te bats-tu ? Qu'est-ce que je t'ai fait ?
— Tu ne m'as rien fait.
— Tu ne m'as jamais aimé !
— Si tu veux.
— Tu m'as trompé.

— Si penser ça peut t'aider. Soit. Pense-le.
— Mais enfin, c'est insensé ! On ne peut pas effacer quelqu'un d'un trait. Soit tu mens, soit tu es cinglée !
— Ne dis jamais que je suis folle, tu m'entends ? Jamais !
— Parce qu'il le disait ?
— Qui ?
— Elsa, je ne suis pas ton passé. Je ne suis pas ce salaud qui...
— Tais-toi ! Ne parle pas de lui !
— C'est à lui que tu me compares. Tu ne vivras jamais sereine. Je ne te ferai jamais de mal, moi.
— Je sais.
— C'est toi qui vois.
— Ne redis jamais ça !
— Pourquoi ?
— Tu me menaces !
— Je te laisse libre.
— La promesse de la liberté est une menace. Tu l'agites là comme un os, sous mon nez, et tu penses que je vais le flairer, comme une chienne affamée, guidée par ses instincts. Va te faire foutre !
— Qu'est-ce qu'on t'a fait, bordel ? Elsa, qu'est-ce qu'on t'a fait ?

Tu es parti, son hologramme est parti, son ombre est partie, avec toi, il est parti.

Parfois, je suis bien, je jouis de mon bonheur égoïste, du calme, de la quiétude de mon sommeil, de mon rythme de vie, de ma liberté choisie, de mes amours, fugaces et éphémères, comme autant de corps holographiques dans l'ombre de mon lit.

Parfois, je suis moins bien. Je revois son image. Je ne suis plus qu'un brasier de colère. Ni la pluie de larmes que mes yeux envoient ni tous les verres de vin dans lesquels je me noie ne parviennent à éteindre les flammes de mon désespoir. Les souvenirs m'assaillent comme de terribles soldats. Dans mes draps, les poignets sous le joug de leurs puissants avant-bras, je me débats, sauvage, je cherche encore mon bourreau, pour lui tordre le cou.

Mais dans ce perpétuel duel, dans cette lutte acharnée contre ma vie passée, c'est toujours lui qui gagne.

J'ai seize ans. Deux fois moins que mon âge actuel.

— Tu étais où ?
— À la boulangerie.
— Tu te fous de ma gueule ?
— Non, je te promets, regarde, avec le pain j'ai même rapporté les croissants. Deux croissants, deux pains au chocolat. Putain, ne fais pas ça ! Je t'en prie, crois-moi, cette fois, ouvre les yeux, regarde !

Je brandis le sachet comme un bouclier. Il l'envoie valser d'un simple revers de main.

— Vingt minutes ! Tu as mis vingt minutes. La boulangerie est en bas de la rue. C'est ça, oui, moi je crois plutôt que tu es allée traîner ton cul. Viens là, espèce de salope, viens là que je te montre ce qu'on gagne quand on est une putain ! Tu t'es foutu de ma gueule, je vais te la défoncer ta petite gueule de pute !

Je revois ses yeux de furie et sa mâchoire serrée. Ces signaux avertissaient toujours que la panthère allait bondir. Je le revois m'agripper les cheveux que je gardais très longs, pour s'en servir de laisse lorsqu'il me traînait dans le couloir. La clé de bras qu'il me faisait pour me mettre à genoux, ses coups de pied, ventre à terre, sur le sol. Je sens encore les crampons de ses rangers sur ma joue, la douleur dans mes côtes et dans mon vagin lorsqu'il me pénétrait de manière brutale. Pour lui, ce n'était pas un viol. Mû par la haine, il jouissait d'*elle* à travers mon corps qui n'était qu'un médium entre lui et *elle*. Il me l'a refilée. Comme on refile une MST. Je ne peux pas m'en débarrasser. Il n'existe pas de cachets assez forts. Je suis contaminée, condamnée. Je la porte comme une maladie incurable. Partout où je vais, partout où je suis, *elle* me précède ou me talonne, l'indicible, innommable que j'appelle la haine mais qui est plus que ce mot délétère.

Je pourrais m'isoler. Me protéger et protéger les autres mais j'ai si peur que je ne peux rester seule. Alors je recommence. Je fuis. Et je revis sans cesse, continuellement, les mêmes scènes, les mêmes événements.

Il suffit d'un mot, d'une voix, d'un geste pour que mon monde s'effondre et que son empire se dresse.

— Tu étais où ?
— À la boulangerie.
— Ah d'accord. Tu as mis longtemps.
— Ça te pose un problème, Arthur ?
— Non, mais ne m'agresse pas. Je n'ai rien dit, ça ne va pas ?
— Tu m'espionnes !
— Non, je ne t'espionne pas. Je m'interroge, je m'inquiète pour toi.
— Dans interroger, il y a interrogatoire.
— Mais enfin, qu'est-ce que tu as ?
— Je ne veux pas me marier.
— Encore ? Tu recommences ton délire d'hier ?
— Non, cette fois, c'est définitif.

— D'accord, j'en ai marre, je ne suis pas un chien. Si tu veux que je parte, je pars ! Regarde, je vais faire mes valises, mais regarde bien ! Tu pleures ? Mais alors, ma chérie, si tu pleures, c'est que tu m'aimes ! Tu ne veux pas que je parte, tu es perdue, dis-moi ? Allons, sèche tes larmes, viens donc dans mes bras. Viens te blottir contre moi ! Je suis là.

— Je pleure parce que je fais le deuil. Je fais le deuil de toi.

— Tu es folle !

— Pars !

— Ah oui, ça je pars, et tu reviendras en me suppliant, mais je te préviens : si je passe la porte, je ne reviendrai pas. Tu entends ? Tu ne me reverras pas.

— C'est ce que je souhaite.

— On en reparlera !

Arthur pleure. Arthur appelle. Je lui manque. Il me laisse des messages. Je ne réponds jamais. J'ai bloqué son numéro. Je suis allée chez le coiffeur, j'ai coupé mes cheveux. Une coupe courte, pour la énième fois.

Arthur est atterré. Arthur a mal et Arthur ne dort certainement plus. Arthur pleure, et moi je m'en fous. Je marche dans la lumière de ma peur, lovée dans le manteau de la haine. Éclairée et couverte, libre, je fuis ce que je suis : une prisonnière en sursis.

4.

Le salaire de la liberté

Les jours se ressemblent et s'assemblent comme des pièces de puzzle et je ne vois rien. Pas l'ombre d'une forme, d'une figure, d'un animal. Une tâche accomplie sans but précis, comme un bateau que l'on démonte en Sibérie, juste pour occuper les forçats.

Ma vie est rythmée par elle, cette obsession dantesque qui me hante, qui me ronge. La déesse mère. Elle me contrôle. Je ne peux pas la voir, je ne peux pas la nommer. Elle est l'indicible, elle est l'ineffable. Haïe et désirée, rejetée et suppliée.

Je me lève avec elle, je marche avec elle, je mange avec elle et je dors en son sein.

Les jours se ressemblent et s'assemblent, s'agglutinent comme des flocons sur une congère, ils se fondent et se confondent dans un grand manteau blanc. Lascive, elle me réchauffe, se rend indispensable et sûre comme un maquis. Sa voix est la sirène qui charme les marins pour rendre à Lemanja le corps de ses enfants.

Hélas ! Que dis-je ? Voilà que je l'adore, la tentatrice infâme qui dévore mon corps et asservit mon âme, qui fait pleurer mon cœur, enfin, qui me condamne.

J'ai vingt-deux ans. Je suis pâle comme un lange, et on m'appelle « gueule d'ange ». Mais quel ange !

Sous mon teint d'albâtre, mon sang s'écoule noir, comme une mer de pétrole. Je suis vassale, affidée et séide à celle qui me noie. Doucement je me courbe quand elle m'inflige ses choix.

Il est six heures du soir, les lampadaires éclairent les rues dans la nuit noire. La hulotte s'éveille pour veiller sur les gens de ses yeux tubulaires. Dans la rue pavée qui longe Notre-Dame, sa carcasse déplumée incrustée dans la pierre expose avec fierté ses blessures à la Terre.

Combien de fois ai-je caressé ce corps martyr dans l'espoir d'un miracle ? On dit qu'en la touchant, nos malheurs se dissipent, nos rêvent prennent vie, nos vœux s'accomplissent.

— Tu veux toucher la chouette ? me demande Clovis.

Clovis est mon ami. Je l'ai croisé un soir sous un pont à Paris. Seule, je déambulais sous la pluie, cherchant un peu de réconfort pour mes veines taries. Ma chienne sentait le chien mouillé. J'avais faim, j'avais froid et j'étais effrayée. Clovis m'a invitée à dormir près de lui, et ce soir-là, pour la première fois depuis longtemps, je me suis endormie apaisée, entre des bras amis.

Je regarde ce visage aux traits marqués par les épreuves du temps, les plis joyeux aux coins des yeux, formés par son sourire, ses cheveux serpentins qui trônent en lourde coiffe tenue par un bandeau large. Je regarde ses yeux qui brillent dans la nuit noire, comme deux billes de jade dont le vert jaunit quand la clarté s'éteint.

La tête blottie contre sa poitrine, je l'enserre pour me réchauffer.

— Alors, tu ne veux pas toucher la chouette ?

— Je ne sais pas, je n'ai pas de vœu.

Il est enjoué et je suis triste. Terpsichore et Acli dans la nuit réunis.

- — Eh bien, moi, j'ai un vœu.
- — Quel est ton vœu ?
- — Ça, gueule d'ange, je peux pas t'le dire.
- — Pourquoi ?
- — Parce que si je t'le dis, y se réalisera pas. Je fais un vœu commun. Un vœu pour tous les deux.

Nous avançons jusqu'à l'immense façade de l'église qui se dresse comme une arche devant la rue Musette. Nos chiens nous suivent, dociles. Leur fourrure est une arme contre ce froid qui nous tenaille. Je les envie d'être naturellement parés contre la bise gelée. Ma chienne, Laïka, me câline la jambe du bout de son museau. Je caresse son pelage gris-blanc de chien de Sibérie. Il reste doux comme du velours, malgré la bruine. Texas est moins joli. Ce lévrier bâtard, roux comme un renard, est un rescapé. Clovis l'a trouvé mourant sur un trottoir, souffrant de multiples contusions, haletant, presque agressif de douleur, se débattant contre la camarde. Le chien lui a mordu la main, comme enragé, mais Clovis l'a soigné, recueilli, nourri et il a fini par l'apprivoiser, ce chien que la haine des hommes avait rendu sauvage.

Il s'est vu en lui.

Ange déchu, écarté de ses semblables, le chien s'est battu, luttant pour conquérir une place dans ce monde maudit. Il s'est battu et il a survécu, à la manière de Clovis avant lui.

Me voici de nouveau blottie contre le manteau de mon ami, mon dos contre lui. Je lève la tête vers l'illustre façade aux cinquanteet-une gargouilles. Les voilà, les pièces du puzzle. Des animaux, des hommes, des êtres difformes hurlent leur désespoir en aspirant des âmes pécheresses qui se tordent et se déforment sous leur souffle bestial.

— Elles font flipper, tu trouves pas ? me demande Clovis.
— Ce sont les gardiennes de l'église, elles sont apotropaïques.
— Apatro… quoi ?
— Cela signifie qu'elles détournent les influences maléfiques.
— Mais comment qu'tu sais tout ça, gueule d'ange ?
— J'ai lu des trucs, ça m'intéresse.
— Waouh ! T'as vraiment un truc en plus, toi.
— Non.
— C'est vrai qu'on s'connaît pas vraiment tous les deux, mais j'ai tout de suite vu que t'étais genre… surdouée !

En effet, Clovis et moi ne nous connaissons que depuis quelques semaines.

Quand je me suis réveillée sous ce pont, à Paris, je me suis sentie bien. Laïka et Texas se sont tout de suite entendus. Clovis ne m'a pas posé de questions. Je ne lui ai rien demandé. Il a préparé du café et j'ai réchauffé mes doigts autour de la tasse en métal fumante. Cela m'a réconforté l'âme. J'étais seule et sans toit. J'étais seule et sans Toi. J'étais seule avec ma chienne idole, cette chienne que j'avais emportée avec moi dans ma fugue, cette chienne à qui j'ai imposé cette vie de vagabonde, égoïstement, mais sans laquelle je ne suis rien, rien que le vent. Pourtant je me sens seule, même avec elle, même avec lui.

Parce qu'elle est toujours là, *elle*. L'ombre innommable, la ténébreuse, la faucheuse, planant au-dessus de ma tête. Lachésis tire le fil filé par Clotho, et Aglaé attend que je cède à mon infortune.

Mais je ne baisse pas les bras. Je ne les baisse pas et pourtant je les tends vers elle, inclinée devant sa déité.

J'ai soif. J'ai la bouche sèche et mon sang est glacé. Mon sang iceberg se fige et mon corps tremble.

J'ai souvent soif.

— J'ai soif.

Clovis se meut pour s'extraire des sangles de son sac à dos, et la boîte de Pandore s'ouvre à moi. La consolante arrive. La déesse de l'oubli. L'ivresse. Je n'ai pas bu depuis deux heures.

— Y'en a presque plus.

La gourde rend ses dernières gouttes dans mon corps hôte et otage. Le liquide coule brûlant dans ma gorge et son feu me consume dans ses flammes ardentes.

— Ça va mieux ?
— Ça fait du bien.
— Viens, on va en chercher une autre !

Nous arpentons la rue Musette. Il me semble que les gens attablés aux terrasses des cafés nous regardent et nous jaugent. Je me sens honteuse. Je me sens hideuse.

— T'as l'air triste, gueule d'ange.
— Ils nous regardent avec pitié. Je n'aime pas ça.
— Bah, t'occupe pas de c'que les gens pensent. Prends la vie comme elle vient. On est libres, on s'en fout d'ces chiens.

Pourtant, j'en suis incapable. Je suis gouvernée par elle, et j'en suis responsable. Je me suis mis des chaînes, j'ai noué les laçages des cordes qui m'enserrent. Je me suis livrée à elle.

Il m'a suivie. Nous avons quitté Paris. Je n'étais pas de la capitale, à la base. Je suis originaire d'ici. Dijon est ma *city*. Je suis partie il y a un an, j'ai fui ma vie.

Dans cette ville immense, j'étais insignifiante. Je pensais me sauver et je me suis paumée.

— Et si nous allions à Dijon ?
— Pourquoi Dijon ?
— Je ne sais pas, comme ça.
— Tu n'es pas bien, ici, à Paris ?
— Non.
— Allons où tu veux, gueule d'ange. On est partout chez nous quand c'est chez nous nulle part.

Il ne m'a pas demandé pourquoi je voulais aller là. Nous avons pris le train de la gare de Bercy, avec nos sacs, avec nos chiens, avec quelques oboles grapillées çà et là. Le « salaire de la liberté ».

C'est ainsi que Clovis appelle l'aumône.

Il est plus facile de mendier dans le métro. Il y a plus de passage, mais les gens passent pressés et indifférents et on se sent encore plus insignifiants.

J'ai passé un an à Paname, j'ai fait des rencontres, bonnes et mauvaises, j'ai vécu des drames. Paris animale, Paris brutale. J'ai eu peur, souvent. J'ai dû faire des alliances. J'ai été stratège, en mode survie. J'ai eu des bons moments, aussi. Des soirées à chanter au son de la guitare, à écouter des blagues. J'ai partagé mon vin avec des gens pauvres, mais bien. Hélas, la plupart des amitiés de rue ne durent que le temps d'une chanson. Quand la lune apparaît, les chiens se changent en loup, les bons se changent en cons. L'alcool est ce vin qui fait du doux un fou. Seule la drogue dans mes veines m'emportait en voyage. Elle asphyxiait mes craintes.

Perdue dans cette foule compacte, je me suis jetée aux loups.

Jusqu'à ce que Clovis, dont je ne sais le vrai prénom, me prenne sous son manteau comme ce chien qu'il avait recueilli.

Mes souvenirs jaillissent comme l'eau d'une fontaine remplie.

— J'aime bien cette rue, elle a un côté médiéval, c'est sympa. Moins vivant qu'à Paris, mais classe !
— Ce n'est pas une ville qui vit la nuit. Il faut venir le jour, lorsque les bouquinistes étalent leur marchandise. Livres d'art et d'histoire, livres anciens sont exposés pour le plus grand bonheur des passionnés d'architecture, le marché se déploie dans les rues et jusque sous les halles, ça grouille de monde et ça sent bon le fromage, le vin, le pain frais, le jambon persillé.
— T'as l'air de bien connaître, dis donc.
— C'est ma ville, celle où j'ai grandi.

Nous rejoignons la rue de la Liberté par la place François Rude. La longue artère est calme et je me dis que Clovis doit trouver cela bien étrange. Cette quiétude me plaît. Les boutiques sont closes. J'ai la nostalgie de mon enfance meurtrie.

— Je peux te poser une question, gueule d'ange ?
— Oui, bien sûr.
— Si t'aimes tant ta ville, pourquoi t'es partie ?
— C'est compliqué.

— T'es pas obligée de me répondre.
— Si, je vais te le dire, mais pour le moment, je suis affamée.

Sur la place Darcy, la porte Guillaume impose. L'arc de triomphe confère à la ville une allure nobiliaire. Nous nous asseyons sur un banc et nous déballons les quelques victuailles que nous avons achetées tout à l'heure. Clovis sort les gamelles pour servir nos deux chiens.

Mes cheveux sont collés et je ne suis pas à l'aise. La neige a commencé à fondre. Le manteau blanc qui revêt le sol nous protège du froid, comme le pelage soyeux de Laïka. Le nuage mousseux se liquéfie peu à peu et le gel forme des blocs de glace compacte dans l'eau stagnante et boueuse qui éclabousse à chacun de nos pas.

Nous grignotons. Un paquet de chips, un peu de pâté étalé sur du pain. Et nous buvons du vin. Dionysos a remplacé pour un temps ma déesse.

Je pose ma tête contre celle de Clovis.

— T'as froid, constate-t-il.
— Ça va.
— Non, ça va pas. On va chercher un endroit.
— Un squat ?
— Un hôtel.
— Avec les chiens ? Personne ne nous accueillera.
— On verra. Tu veux que j'aille acheter du café ?

Clovis revient avec deux gobelets fumants. Ses attentions me comblent et, pourtant, je suis mélancolique et nostalgique. Il le sent. Et je sens qu'il le sent.

— Tu veux me raconter pourquoi t'es partie ?

Alors, je lui dis tout. Combien j'étais heureuse ici. Une famille aimante. De nombreux amis. Je lisais beaucoup, des romans historiques, surtout. Passionnée de culture et d'histoire, je passais mes journées à flâner dans les librairies. Je lui parle du musée des Beaux-Arts que je redécouvrais chaque fois, des joggings au lac Kir avec ma sœur Laura, de mes restaurants préférés, des mets et entremets locaux qui me font saliver. J'en parle tant que ce pain au pâté que nous partageons prend le goût du bœuf bourguignon que me faisait maman. Je lui parle d'Antoine, de cette rencontre qui m'a fait sombrer. Ce regard noir et torve qui me faisait peur était celui-là même qui me faisait craquer. De nos soirées à boire, à *teaser*, à baiser. De mes premières seringues, de mes premières descentes.

— Il t'a entraînée vers le bas, c'est ça ?
— Il a fait pire que ça.
— Dis-moi.
— Il m'a violée.

Le visage de Clovis, si souriant, se décompose, devient tout déconfit.

— C'est pour ça que tu m'as repoussé quand…
— Quand tu as voulu… oui, c'est pour ça.

La tristesse se lit dans ses yeux. Il me serre dans ses bras, me berce. Je fonds en larmes.

— Tu as eu honte et tu as fui ?
— J'avais peur de dire à ma famille que je n'étais plus vierge. Je l'aimais, je ne voulais pas le dénoncer. Et puis, je ne savais pas si… enfin, il disait que j'étais consentante. J'ai crié, j'ai pleuré. Je suis rentrée chez

moi, j'ai pris mes affaires et j'ai tout plaqué. Je ne voulais pas infliger cela à mes parents. Qu'auraient-ils pensé de moi ?

— Mais il est coupable, ce fumier ! C'est lui le criminel, et c'est toi qui t'exiles ?

— Au début, je n'étais pas partie pour errer. Je… je pensais me suicider. Et puis, je t'ai rencontré.

Ces souvenirs m'assaillent, le couteau remue dans ma plaie encore large. Je tremble et je sanglote. Je tremble de sanglots. Ma honte, ma maladie, celle qui remplit mon sang de son venin mortel, celle qui précipite ma délivrance et réduit ma sentence, celle que je croyais servir sans résistance, laisse la place au remords.

Mon ami couvre mon visage inondé de ses baisers brûlants.

Clovis monte sur ses gonds, s'insurge contre l'injustice, la perversité, la duplicité et l'imposture humaine. Il insulte le dieu Pactole et le dieu Poros, les dresse en ennemis du peuple, de la bonté, de la liberté. Mais qu'est-ce que la justice, au juste ?

— T'es ma jolie gueule d'ange.
— Je vais pourrir, moisir, mourir à petit feu.

À ma grande surprise, il rit.

— Mais non, idiote. Toi, tu vivras normalement, mais c'est sûr, t'as morflé : faut te soigner.

Son visage s'adoucit. Je me détends, moi aussi.

— Tu veux bien me montrer ta maison ?
— Tu veux dire, la maison de mes parents ?
— Oui, j'y comptais.
— D'accord.

Sur les hauteurs de Talant, je m'arrête devant un grand portique en fer forgé. J'insiste pour que l'on passe vite, tant il m'est douloureux de revoir cette façade blanche aux vitres éclairées. Ils sont là, vivant, pleurant ou riant, je ne sais pas mais ils sont là, et je les aime toujours, je n'ai jamais cessé de les aimer.

— Partons, ordonné-je. J'ai quelque chose à te montrer.

Je le conduis au Belvédère. Ce point de vue, peu connu des touristes, offre une vue panoramique époustouflante sur la ville, le canal de Bourgogne, le lac Kir et la Côte de Nuits. Nous admirons, enchantés, la rambleur de la ville étaler sa palette de couleurs dans la voûte étoilée. Clovis est envoûté.

— T'as trouvé le paradis, gueule d'ange. J'aime bien ta ville, en fait. Parce qu'elle a gardé la trace de sa culture rurale.
— Et de sa culture ducale. Pourtant, elle a beaucoup changé. Elle s'est étalée, elle s'est modernisée, tout en conservant ses attributs, ses symboles. Le tram est arrivé, couleur cassis. Le centre s'est piétonnisé. Elle est encore plus jolie qu'avant. Le puits de Moïse est presque intact dans l'enceinte d'un hôpital psychiatrique. Dijon trace son avenir sans écarter le passé, ce qui fait d'elle ce qu'elle est aujourd'hui.
— Faut composer avec son passé. Les villes progressent plus vite que les hommes.

Ces deniers mots nous font méditer, moi plus que lui, peut-être, ou peut-être pas, je ne sais pas. Impassible, il fait l'homme, ne laisse rien transparaître de ses émotions ni de ses sentiments. Après tout, tant mieux s'il ne larmoie pas. Je n'aime pas la pitié. Elle est malsaine. Empêche de réfléchir. Condamne. Freine la résilience. J'aime mieux l'abstraction.

Les lampadaires symétriques forment comme une haie d'honneur dans la nuit noire. Main dans la main, nous reprenons la direction du centre-ville dans ce décor nuptial. Il me semble que je tombe amoureuse. Il me semble déjà que la peur, ma véritable maladie, me gouverne moins.

L'Oiseau Noir[1] perd soudain pied dans la bataille.
Il est près de 23 heures.

Il y a quelques hôtels abordables aux abords de la gare.

— Attends-moi là.

Je reste avec les chiens. Clovis me retrouve quelques minutes plus tard.

— J'ai trouvé une chambre pas trop chère. Tu vas pouvoir te réchauffer, prendre une bonne douche et passer une nuit sereine.
— Ils acceptent les chiens ?
— Non.
— Mais alors, on ne peut pas y aller ?!
— Je garderai les chiens.
— Tu veux dire que tu ne viens pas avec moi ?
— Moi, ça va aller, gueule d'ange. Toi, tu as besoin de te réchauffer. Je suis plus fort que toi. Je n'ai pas envie que ton petit corps tombe malade.
— Je ne veux pas que tu me laisses seule.
— Rassure-toi, je vais me trouver un nid pas trop loin. Demain matin, je viendrai te chercher avec un bon café.

---

[1] « Oiseau Noir » est une œuvre de Nicolas de Staël exposée au musée des Beaux-Arts de Dijon.

Clovis s'empare de la laisse de Laïka et m'embrasse, dans un élan passionné. Avant qu'il ne parte, je lui demande :

— Ton vœu, c'était quoi ?
— Tu veux vraiment savoir ?
— Oui, dis-moi.
— Que tu te sortes de cette merde.
— Je t'aime, Clovis.

Il ne répond pas. Je le vois s'éloigner.

Dans ma chambre, mon premier réflexe est de me regarder. Je ne sais pas à quand remonte la dernière fois où je me suis trouvée face à un miroir. Seule, devant mon propre reflet, je ne me reconnais pas. Mes joues sont creuses. Elle a déjà rongé ce corps contaminé. Elle suce ma chair meurtrie comme les gargouilles aspirent les mauvais esprits.
Pourtant, au sortir de la douche, je me trouve belle, comme renouvelée. Mon corps a de belles courbes et mes cheveux brillent, une fois séchés. J'ai les yeux bleu lagon. J'avais oublié qu'ils étaient aussi bleus. Le visage ovale, doucereux.
Hier, je voulais mourir. Aujourd'hui je veux vivre. Je me familiarise avec mon reflet, je lui souris. C'est sûr, je suis amoureuse. Je repense à Clovis et cette image me rassérène. Je m'assoupis, dans des draps propres, sur un vrai lit. Le souvenir de notre dernier baiser accompagne ma nuit.

La déesse Nout[2] recrache l'astre doré, et le jour chasse lentement la nuit. De la fenêtre de ma chambre, au-dessus de la façade de l'hôtel d'en face, j'aperçois un ciel rose et gris, une superposition de couleurs aplanies qui cherchent à se confondre.

---

[2] Dans la mythologie égyptienne, Nout est la déesse du ciel, considérée comme la mère de tous les astres.

J'aimerais que Clovis soit là pour observer ce spectacle.

Il n'a pas dit qu'il m'aimait. Par pudeur, sans doute. Quand je le verrai tout à l'heure, je le lui ferai avouer.

J'attends. J'attends un appel, un signe de lui.

Enfin, la sonnerie du téléphone retentit. Je me jette sur le combiné et décroche, exaltée.

— Allô ?

— Excusez-moi, madame, dit une voix féminine. C'est la réception. Une personne vous attend à l'entrée.

Je m'habille en toute hâte et dévale l'escalier. Je me jette dans l'entrée. Mais là, mon cœur s'arrête net.

— Maman ?

Dans les bras de ma mère larmoyante, je m'effondre à mon tour, éplorée.

***

Je n'ai jamais su ce que mon ange gardien est devenu. Mais lorsque je croise dans la rue un jeune vagabond qui me demande quelques euros, je repense toujours à cette phrase de Clovis : « C'est le salaire de la liberté. »

5.

L'atelier du loup

Le soleil se couchait sur la ville de Paris, le Paris diurne laissait place au Paris nocturne. La jeune femme avait lissé ses cheveux roux et maquillé ses grands yeux verts, pourquoi, pour qui ? À 35 ans, elle ne croyait plus aux rencontres, elle pensait connaître les hommes et les hommes l'effrayaient. Le temps filait entre ses doigts, elle perdait peu à peu l'espoir d'être cette mère qu'elle aurait rêvé d'être, une louve aimante, pleine de tendresse. Ce soir-là, sa tête bouillonnait de préoccupations existentielles, et ses pas s'accéléraient dans la rue de Charenton, comme si ces flots incessants de pensées étaient connectés avec ses jambes et la faisaient avancer toujours plus vite, lorsque soudain, elle le vit. Elle le vit et son monde s'arrêta de tourner. Ses idées se figèrent, son corps se paralysa, ses grands yeux verts en amande s'allumèrent d'une flamme étincelante.

Il était grand, il avait de longs cheveux noirs qui tombaient, détachés, sur des trapèzes puissants. Elsa voyait à ses contractures que ses bras étaient forts, et probablement tout son corps également, parce qu'il portait une chemise bleu nuit aux manches relevées au-dessus des coudes et qu'il sculptait une figure de loup, taillée dans du bois, un loup assis, hurlant. L'artiste semblait avoir la quarantaine, il était sans aucun doute d'origine amérindienne et il caressait le bois de ses mains fortes et massives, des mains qui respiraient la vigueur. Il avait le visage long, ovale, les sourcils fournis et les traits fins, les rides du sillon nasogénien étaient marquées, une force énigmatique se dégageait de tout son être. Il ne souriait pas, il était concentré, les sourcils froncés et le front plissé, comme absorbé par son œuvre, comme si le loup était lui, et que lui était le loup, comme si lui et le loup se confondaient en une seule et même partie.

Des larmes glissèrent doucement le long des joues d'Elsa. Les souvenirs de son enfance refirent surface inopinément. Elle regardait l'homme, mais ce n'était pas l'homme sculptant le loup qu'elle voyait, c'était ce groupe d'Indiens qui chantait sur le marché nocturne d'Alès, c'était le souvenir de ses vacances d'été passées chez sa grand-mère, qui la portaient loin de sa mère, cette mère qui l'avait élevée seule, mais qui ne l'aimait pas, cette mère qui n'avait jamais été une louve. La grand-mère s'arrêtait pour écouter leurs chants traditionnels. C'était un moment intense de partage et d'émotions, un moment où leurs esprits, par leurs mains reliées, communiaient. La grand-mère fermait ses yeux bleus et la petite fille l'imitait. Il y eut trois étés, et, chaque été, le groupe était là, et il y avait un Indien aux cheveux longs qu'Elsa trouvait beau ; il jouait de la flûte, et cet Indien qui était là, devant elle, et qui sculptait ce loup, cet Indien-là lui ressemblait, réminiscence de quelques jours d'enfance heureuse, et c'est pourquoi ses pleurs caressaient ses joues. L'Indien la vit, et d'un geste accort, reposa sa gouge. Les regards de l'Indien et d'Elsa se croisèrent et dans ses yeux noirs elle vit le loup qu'il sculptait. Ce n'était pas le loup enragé, fuyant et menaçant de son enfance, c'était le loup blanc sacré des Indiens du nord de l'Amérique, protecteur et rassurant, c'était Ha-Sass.

En un instant, elle se sentit transcendée par la puissance de l'homme et du loup, ou par la puissance de l'homme, ou par la puissance du loup, elle ne savait plus très bien.

L'Indien aperçut l'intruse, lui sourit, l'invita à s'asseoir, laissa le loup et saisit une pièce métallique.
Elle le regardait travailler sans mot dire, fascinée.

Au bout d'une heure, l'Indien tendit à Elsa une jolie bague, une bague massive, en bronze, sculptée d'un serpent. Elle l'enfila à l'annulaire. Le serpent descendait le long du doigt pour reposer sa tête sur l'extenseur.
Elle regarda l'Indien, les yeux luisants et il lui dit : « Xochitl », ce qui veut dire « Fleur ».

***

— Maman, c'est quoi ta bague ?
— C'est un Indien qui me l'a donnée.
— Un vrai Indien ?
— Oui, mon garçon.
— Tu l'as rencontré où, l'Indien ?
— Dans une petite ville du Gard, Alès.
— Est-ce qu'on ira, maman ?
— Ça fait très longtemps que je n'y suis pas allée, mais oui, on ira.
— On ira ensemble et on verra des Indiens, dis, maman ?
— Oui, promis.

Elsa amena son petit garçon contre elle, passa sa main dans ses cheveux noirs et le serra fort. Son petit bout d'homme, son loup à elle, son demi-Indien.

43

6.

La naissance d'un héros

C'est l'automne. Le temps est terne et gris. Cette après-midi, le ciel est obscurci, les nuages assemblés forment un matelas de coton noir, aussi cendré que le cœur d'Elsa.

La mort de son père a fait resurgir d'un coup ces démons qu'elle pensait enfouis. Mais les souvenirs reviennent tels des spectres chassés par le jour à l'appel de la nuit. Dans ce décor funeste, la mort balaie la vie mais n'efface pas les torts qu'elle a juste enfouis.

De nombreuses personnes sont présentes à l'enterrement. Une cinquantaine de silhouettes discutent, l'air indifférent, devant la façade gothique de l'église Notre-Dame. Sont-ce des clients, des parents, des amis, des collègues de chantier, des inconnus, aussi ? Elsa hausse les épaules, se demandant ce que ces gens peuvent bien dire de lui.

Du haut de ses six ans, Aymeric regarde sa maman, l'air hagard et innocent.

Il serre sa main délicate de toute sa faible force, comme pour lui dire « je te comprends ».

— Tu es triste, maman ?
— Très, mon chéri.

— Il va te manquer, papi ?

— Oui.

— C'était un héros, dis, maman ?

— Oui, c'était un grand homme.

— Tu les connais ces gens qui sont venus à son enterrement ?

— Tu sais, mon loup, les hommes de valeur savent cultiver la discrétion. Il ne parlait pas beaucoup de nous. Il avait des choses bien plus importantes à faire.

— Comme aider les gens ?

— Par exemple.

Dans quelques heures, Elsa prononcera un discours funèbre au pupitre, dans le chœur de l'église, au-dessus du corps de son père, ce père au visage serein et figé, illuminé par les pouvoirs transgressifs d'un thanatopracteur.

Que ressentira-t-elle lorsqu'elle dira ses louanges, lorsqu'elle narrera la vie héroïque de cet homme, père exemplaire, mari aimant, notaire talentueux et solidaire ? Lorsqu'elle parlera des histoires qu'il lui contait petite, de sa présence toujours réconfortante et de ses encouragements, de ses lettres envoyées chaque semaine du Sénégal, pays où il devait prétendument avoir passé les dernières années de sa vie à prêter main forte pour construire des écoles, des hôpitaux, des bassins de spiruline, avant de revenir mourir dans cette ville qui avait été le berceau et le tombeau de son enfance à elle ?

Que ressentira-t-elle lorsqu'elle dira tous ces mensonges ?

Elle se souvient de la voix de sa sœur au téléphone, ferme, trois jours auparavant, lui annonçant froidement, sans solennité, la mort de leur père.

— Papa est mort.
— Mort ?
— Oui.
— Il est mort comment ?
— Un cancer. J'ai entendu dire qu'il a beaucoup souffert.

Sur le coup, Elsa avait accueilli la nouvelle avec une certaine indifférence. Le choc est souvent contentif, la douleur vient après, lorsque l'esprit se réveille et que la mémoire apparie les souvenirs intrusifs.

— Quand a lieu l'enterrement ? avait-elle demandé.
— Mercredi.
— Tu vas y aller ?

Anna s'était mise à rire d'un rire de hyène.

— Si j'y vais, ce sera pour m'assurer que cet enfoiré a bien crevé. Et toi, qu'est-ce que tu vas faire ?
— J'ai raconté tellement de choses à Aymeric. Tu sais, il est fasciné par son grand-père.
— Ton fils croit à ces conneries ?
— Oui.
— Mais enfin, pourquoi tu ne lui dis pas ?
— Pour l'épargner.
— Pour l'épargner de quoi ?

Dans ces questions, Elsa crut percevoir le scepticisme de sa sœur, d'un détachement proche du pyrrhonisme.

— De l'absence. Il n'a pas de père, il n'a pas de modèle. Tout enfant a besoin d'un modèle pour se construire.
— Tu penses que le non-dit, c'est mieux ? Ce silence dont, avec maman, nous avons souffert toute notre vie ?

— Il ne s'agit pas de ça. Le non-dit, c'est l'absence de parole. Dans mon cas, je crée une vérité que j'estime être bonne, pour la santé de mon fils. Cette vérité existe, dans l'esprit de mon enfant.

— C'est absurde.

— Justement.

Les deux sœurs s'étaient quittées en ces termes, en désaccord, mais sans haine. Anna ne pouvait pas comprendre, elle qui vivait sans enfant, mariée à un grand avocat parisien, à l'abri du besoin.

Après avoir raccroché, Elsa s'était tournée vers son fils, son petit trésor à la peau nacrée que son père avait lâchement abandonné. Courageux, mais pas téméraire. Ce salaud l'avait baisée allègrement avant de se faire la malle à l'annonce du « fardeau ». Sa grossesse était, pour la maman, comme un cadeau des dieux. Sa douleur avait laissé place à une joie éternelle, inexprimable. Une bénédiction. Un petit ange sous la peau. Elle l'avait élevé seule, et elle essayait de l'élever, aussi, à penser, réfléchir et agir selon sa volonté, dans le respect de la morale mais en toute liberté. Son enfant de cinq ans qui était encore son petit bébé, son louveteau, son protégé.

— C'était qui, au téléphone ? Pourquoi tu pleures, maman ?

— Viens-là, mon garçon.

Il avait pleuré. Pleuré toutes les larmes de son petit corps d'enfant. Ce grand-père qu'il n'avait pas connu, ce héros qui envoyait des nouvelles de ses réalisations, de longues et belles lettres et de jolies photos.

La tristesse inconsolée de son enfant, pleurant à la fois le héros que toute la ville louait et acclamait et le parent qu'il n'avait pas eu le loisir de connaître, lui semblait à la fois touchante et embarrassante. Elle aurait voulu partager cette détresse légitime. Elle aurait voulu pleurer ce père, elle aussi, mais l'annonce de sa mort avait, au contraire, fait rejaillir ses souffrances, ses tortures. Elle aurait voulu crier, vociférer, hurler sa rage et tout casser. Sa colère bouillait en elle et son âme hurlait, geôlière dans ce corps qu'elle gardait muet en caressant les boucles noires sur la tête de son fils. Sa haine était féroce, tortionnaire, telle une gargouille enfermée dans la chair, aspirant les larmes qu'elle ne verserait pas.

— Ils vont l'enterrer, dis, maman ? demanda le petit Aymeric d'une voix convulsionnée, étouffée par ses pleurs.
— Oui, mon loup.

La nuit suivante, elle n'avait pas dormi. Dans sa tête alternaient l'image du corps suaire et chaud du père abusant de son petit corps d'enfant et les gémissements plaintifs et vains de sa sœur aînée subissant l'inceste, elle aussi, souvent à ses côtés. Un jour l'une, un jour l'autre, mais toujours une pour regarder. Sans répit, dans le silence de la nuit, sous le regard éteint de leur mère complice.

Son corps meurtri, ces années de souffrance, la mort prématurée de sa mère et l'ivresse insatiable de son bourreau de père avaient fait place à des années de silence, des années de non-dits. Les deux sœurs honteuses, coupables du crime d'être nées filles, n'en avaient jamais vraiment parlé de peur de ne pas être entendues, ou pire, de crainte d'être jugées coupables.

Si elle s'était écoutée, elle y serait allée seule, à cette cérémonie funèbre, aurait jeté sa haine brutale et animale à la face du monde. Non, non, il ne mérite pas une sépulture digne, il mérite qu'on le noie, qu'on le jette aux silures, il mérite qu'on découpe sa chair et qu'on la broie pour la donner à des chiens affamés.

Qui êtes-vous, tous, qui vous êtes rassemblés ? Savez-vous au moins qui il est ? Ce monstre plus inhumain que Scylla, savez-vous au moins ce qu'il a fait ?

Mais il lui avait fallu outrepasser sa rancœur. L'amour de son fils valait bien cet exercice moral.

Elle se tient à présent au pupitre, au-dessus du corps embaumé de ce fumier, ce père qu'elle ne regarde pas. Elle ne sait plus qui elle est. Une autre femme a pris sa place. Dans les yeux noirs de son fils elle lit l'attente, la fierté, la joie. Cette autre femme ne voit plus que ce regard expectatif.

L'église est pleine, tous les notables de la ville sont là.

Les murmures s'étouffent peu à peu, puis s'éteignent lorsqu'elle monte au pupitre. Il se fait un court silence.

Elle prend une grande inspiration. Regarde une nouvelle fois son fils, s'élance.

« La plupart d'entre vous ne me connaissent pas. Mon père était un homme discret, sournois parfois. Je me souviens avec nostalgie du temps où il me racontait des histoires, des histoires de fées qui délivrent des princes et des princesses de leurs méchants dragons. À cette époque, le héros était dans le conte, et je ne savais pas encore tout ce que mon père allait accomplir. Il s'est envolé vers d'autres contrées, d'autres horizons, pour poursuivre la voix céleste qui le guidait. Il a laissé derrière lui deux filles, mais surtout, un petit-fils, ce petit fils qui est là, aujourd'hui et qui est venu admirer une dernière fois son héros, lui dire « *au revoir* ».

La voix aiguë de l'enfant s'élève du premier rang :

— Au revoir, papi !

L'assemblée émue aux larmes frappe des mains et, sous ce tonnerre d'applaudissements, Elsa ressent, pour la première fois, un profond soulagement.

— Maman, qu'est-ce que t'es belle, quand tu souris !

7.

La nuit, fleurissent les
Belles-de-nuit

La nuit ressemble au jour, et le jour à la nuit. Katia ne sait pas l'heure qu'il est. Qu'importe ! Ici, les jeunes filles attendent que le temps s'écoule, les yeux rivés vers le sablier invisible qui se retourne lui-même du jour vers la nuit, et de la nuit vers le jour, une fois le bulbe rempli de poudre dorée.

Ici, Chronos est un homme comme un autre, qui passe et qui s'efface et puis repasse au fil des jours, des mois et des années. Les fleurs qu'il recouvre de son souffle glacé lui laissent en souvenir les pétales de leur jeunesse volée. Découvertes, elles frissonnent et se réchauffent entre les mains ardentes d'inconnus au cœur transi par le froid.

Comme d'autres avant elle, comme d'autres après, Katia lira le temps qu'il fait dans les gouttes de pluie laissées sur la veste en cuir mouillée d'un motard, cernera l'odeur de la chaleur diurne sur une peau grasse transpirant la sueur ou la fraîcheur de la vêprée sur la main algide et tremblante d'un vieillard fatigué.

Elle sentira venir la fin de la nuit ou le début du matin avec la fatigue de l'ivresse, quand l'alcool lui dictera ses plans soporifiques, délivrance, délivrance de la nuit qui avance vers un matin aussi noir que l'onyx. Mais peut-être que les spectres nocturnes chasseront les ombres des fantômes du soir. Peut-être qu'ils feront renaître l'espoir dans un moment fugace, instant offert par les réminiscences de la mémoire cherchant dans les contes de l'enfance l'espérance de lendemains qui chantent.

Ce soir, c'est Maurice qui est au comptoir, Maurice et ses mémoires, Maurice et ses histoires. Le vieux Maurice, fonctionnaire d'État, fier de sa position de notable et fier de montrer qu'il est fier. Le vieux Maurice qui montre sa montre, et sa montre est une Rolex, et les Rolex coûtent cher, et Maurice lui dira cent fois qu'elle vaut cher, la montre, montre qui montre l'heure, mais qu'importe l'heure qu'il est, l'heure est toujours l'heure tant que les hommes sont là, altiers dans leurs corps brûlants du désir de plaire et de se satisfaire.

La belle n'est pas endormie et le vieillard sourit à l'ange.

Lasse, Katia sourit en retour, affichant de petites fossettes sur des joues replètes saupoudrées d'un rose ballerine saillant sur son teint de porcelaine blanc, teint diaphane dont la transparence presque fluorescente, rayonne, lueur d'espoir dans la nuit noire.

Nuit noire, mais pas tout à fait, car la pièce est plongée dans une pénombre transpercée par des rais de lumières rouges, incandescence des lampes murales qui projettent les ombres des banquettes en velours cramoisi disposées tout autour de la pièce carrée, tapissée d'un papier peint baroque de couleur noire.

Entre les banquettes de la pièce principale, on distingue à peine les contours de quatre portes ouvertes donnant sur de minuscules salons dans l'angle desquels des choses mystérieuses se passent, dans un silence tombal. Parfois, un halètement se fait entendre, soupir rauque ou soulagement aigu, échappé comme un cri d'animal.

Ambiance feutrée et tamisée, créée pour inviter au vice, exciter la sensualité. Le rouge, rouge couleur du désir, couleur de l'action, le rouge, sanguin et enivrant.

L'Ange Noir est un espace de tentation, et la tentation a un prix. Ce soir, Katia devra attiser un Maurice attendri afin que celui-ci ne compte plus, commande et boive jusqu'à l'épuisement. Elle boira aussi, sans soif. Seule la fatigue du vieillard sonnera le glas de l'amour consommé.

Le vieillard sourit encore, ses rides forment des sillons creux sur son visage daté, ses yeux cernés de noir s'illuminent et s'extasient devant les jambes ivoire de la nymphe éphémère, affûtées comme deux fuseaux attendant la main agile d'un artisan. Il se voit cet artisan, artiste modelant cette beauté de vair de ses mains rugueuses et striées.

Jolie poupée aux yeux océan. Ô quels yeux ! Des billes grandes comme celles d'un tarsier, généreusement maquillées de fard mordoré, soulignées d'un trait de khôl noir, et, provocant artifice, sublimées par une armée de faux cils alignés comme des soldats en faction, archers puissants tendant leurs arcs à chacun de leur battement.

Ses yeux sont bleus, bleus comme la mer éclairée par le soleil en plein jour. Dans son regard se lit l'écume laissée par de petites vagues de larmes, vestiges de longues nuits passées à sangloter dans la solitude de sa chambre, sous la chaleur des toits parisiens.

Jolie poupée aux cheveux blonds comme le blé des champs, qui s'échappent en quelques mèches folles d'un chignon agrémenté d'un postiche imposant, ornement aguicheur sur sa tête d'enfant. Suaves, ces mèches bouclées qui tombent souplement sur les petites épaules dénudées, comme des petites lucioles luisant dans la nuit, dansant à chaque mouvement de la tête, mouvement sensuel, mesuré, étudié pour plaire à l'homme qui va payer.

Grâce et majesté de l'innocence, jeunesse offerte à la vieillesse enchantée qui cherche son nectar dans le suc de ses lèvres remplies et trouve son ambroisie dans la chair de sa féminité naissante ou mourante, qu'importe ! Tout à l'heure, elle s'ouvrira en corolle, cette beauté, beauté passagère filante comme une fleur de lune, l'orchidée butinée ouvrira ses pétulants pétales, montrera la blancheur de sa nudité sous un voile de coton translucide, tout de grâce, grâce légère et évasée, répandant une essence euphorisante et épicée, effluve de sa jeunesse maintes fois déflorée. Chimérique lumière, incandescence d'un feu éteint depuis longtemps ! Katia n'a que vingt ans. Vingt ans qui écoutent par courtoisie l'exposé des quatre-vingt-sept années de richesses cumulées, de la montre Rolex à la maison de Port-Grimaud. Vingt ans qui observent le vieillard se vanter de ses nombreuses conquêtes, ponctuelles prouesses contre quelques émoluments, ou éternelles reconnaissantes promues à quelque poste, moyennant…

Lasse, elle voit, admire, écoute la vie des hommes qui passent, ces hommes qui prennent et lui rappellent qu'elle, n'a rien, n'est rien d'autre que ce qu'elle est.

Ces ombres filantes laissent des traces dans les esprits tourmentés des perles échouées au hasard des comptoirs. Maurice n'existe pas. Maurice est un être invisible brandissant le miroir de sa jeunesse désolée. Il cherche une échappatoire, voit dans la jeunesse candide le Graal mais il faut être une âme pure pour trouver le Graal. Oh, il n'est pas méchant, Maurice, il est touchant aussi, quelque part, Maurice, touchant et pathétique dans sa quête d'une jeunesse retrouvée. On ne rajeunit pas, on ne vieillit qu'à l'endroit.

L'émerveillement, le rêve, la subjugation, voilà ce qui accroche à la vie les cœurs les plus mutilés. À *l'Ange Noir*, les clients viennent chercher une évasion. Ô délicieux apparats de ces merveilles de tous pays, rêve effervescent d'un mariage avec la beauté, d'une fusion avec la vie ! Étreintes fugaces entre les seins de jeunes beautés, généreuses couturières pour les cœurs déchirés. Les ouvrières qui tissent le fil à rapiécer les cœurs ont elles-mêmes le cœur en loques.

Les hommes désemparés respirent l'opium de l'illusion dans leurs parfums aux notes épicées, s'enivrent, imprudents, de l'oléandrine des lauriers-roses, accélérant leur chute vers la cave abyssale.

Calfeutrées dans la pénombre de ces murs sombres, recroquevillées derrière un paravent en bois sombre, trois jeunes filles rêvent, lovées les unes contre les autres comme une portée de jeunes louveteaux, se contant des histoires de princes ayant délivré des fées dans d'autres cabarets assombris.

Ce ne sont que des histoires et Katia le sait.

Elle sait que quand viendra le tour de ses compagnonnes nocturnes, leurs rêves s'effaceront, partiront en fumée, poussières de cendres noires qui finiront dans les résidus d'une cigarette consumée.

Maurice est parti. Soulagée, la petite fée sans ailes va, impatiente, retrouver ses amies derrière le paravent pour entendre ces histoires de belles évadées par des clients amourachés.

Les regards aux longs cils noirs et aux paupières pailletées se tournent vers elle, intrigués. Alicia, exotique beauté aux longues jambes et à la peau d'ébène, s'enquiert de savoir comment la séance s'est passée.

— Ça a été avec Maurice ?
— Oui, plus ou moins, il est vieux, ça prend du temps.

À Fanny, petite rousse maigrichonne au teint blafard, de réagir :

— Ouais, c'est chiant les vieux. Ils bandent mou. Ça prend des plombes. Mais il paie bien, Maurice.

Katia opine et demande :

— Où est Jessica ?

Alicia ne réagit pas, soudainement happée par son smartphone. Fanny, qui n'a pas de téléphone, se montre plus volubile :

— Partie dans un salon.
— Avec qui ?
— Avec le professeur.
— Ah, c'est l'heure de la fessée.
— Tu l'as déjà eue ?
— Oui, trois fois.
— Moi pas. Il paraît que ça claque fort.
— Franchement, j'ai connu pire. C'est plutôt que c'est bizarre. Tu dois te comporter comme une petite fille, dire que tu n'as pas appris ta leçon, après il te retourne, te déculotte, te met des claques, et c'est tout ! Il te demande rien d'autre. C'est son délire.
— Il jouit ?
— Aucune idée. Il ne te touche pas. Je crois que je n'ai jamais vu la couleur d'un de ses slips.

— En même temps, ce n'est pas plus mal. Il n'est pas très
   appétissant.
— Tout rouge et grassouillet, et il schlingue fort, le porc !
— Dire qu'il donne des cours à de jeunes élèves… ça fait
   peur quand même.
— Ouais, je veux même pas y penser. Tu fais quoi, Alicia ?

La barbie rwandaise répond par un grommellement ronchon que
la jeune fille traduit par un « mêlez-vous donc de vos affaires ».

N'insiste pas.

Silence. Le silence s'abat de nouveau sur les têtes inclinées.
Attente. Attente longue et monotone. Attente de la sonnette.
Attente de la sonnette qui annoncera l'arrivée du suivant avant
que la caméra ne dévoile son identité. Attente de l'événement
qui viendra rompre la monotonie de la nuit. Sauf exigence
particulière, ce sera Fanny, la prochaine. Fanny, la cadette au
petit corps frêle décharné par des années d'évasion, les veines
noyées de liquide anesthésiant, anesthésie de l'âme et corps
nonchalant, coopérant à tout, pantin sans résistance, appât facile
et gracile à la merci des plus vils esprits. Katia ne sait pas, ne
sait rien d'elle. Ne sait pas si les veines possédées sont la source
ou l'embouchure du mal qui la ronge, ce mal qui les ronge
toutes. Pas le choix. Chacune a ses raisons. N'interroge pas mais
voit. Voit le corps ténu de sa camarade s'étriquer de jour en nuit
et de nuit en jour, sa voix s'affaiblir, sa beauté faner, dessécher
comme une fleur coupée.

Dix-neuf ans. Dix-neuf ans, mais ne compte plus les ans. Ne
compte plus les ans, ne compte plus les amants. Ne compte plus
que les aiguilles du temps séparant l'héroïne de son sang, de
l'aiguille qu'elle attend, qu'elle attend et qu'il attend, l'ami tapi
dans l'ombre de sa vie, lion envoyant chasser la lionne, mais la

lionne est une gazelle à la chair convoitée par une horde de loups. Jetée aux loups ou dévorée par un lion. Destin sordide de la cadette au teint livide et aux grands yeux verts tranquilles comme une mer d'argent, l'iris jade reflétant le néant de ses rêves avalés par l'opium. Funambule sur un fil, sa pureté au bout de l'hameçon, elle ne compte plus que les heures qui la séparent de l'heure où elle recevra ses rêves en pointillé, du moins jusqu'à la dernière dose, shoot ultime, pénétration fatale du poison létal.

Petite fille pâle au cœur pâle serre fort son petit ourson contre elle. Seule dans sa chambre, attend que l'orage passe, que le père se calme, qu'il s'endorme. Sa maman crie, sa maman pleure. Sa maman pleure les larmes que la petite fille n'a plus. Personne ne viendra la voir, ni la maman à la conscience endormie par les anxiolytiques ni le papa, brute infâme insouciante, indifférente au sort de son sang.

Petite fille pâle attend, attend que vienne le jour pour se lever, passer devant la chambre de sa maman, descendre prendre un peu de lait et des céréales enrobées de miel, celles avec l'abeille, remonter se laver puis s'habiller, toute seule, comme une grande fille.

Grande fille au teint livide, arctophile, serre chaque nuit une peluche contre son cœur accort, allongée contre son compagnon de fortune. Les peluches sont les hommes dont elle n'a plus besoin. Les peluches sont les bras dont elle aurait besoin, substituts affectifs à l'amour qui la fuit.

Chaque jour puis chaque nuit et chaque nuit puis chaque jour, Katia se demande à quel moment le marchand de rêves aux dents longues et acérées fera vaciller le corps fin de Fanny, fragile comme une flamme qui vacille dangereusement au souffle du vent.

— Tu fais quoi, Alicia ? insiste Katia.

Vilaine curiosité, chatouillée par le mutisme de son amie ! L'espoir se lève quand la panthère noire lève les yeux sur la petite fureteuse.

Dans un murmure à peine perceptible, la naïade lève le friand secret :

— Je tchatche avec un client.

Le sang de Katia se glace. Interdit suprême. Prohibition.

— Un client que tu vois à l'extérieur ?
— Oui, mais chut.

Frissons, poils dressés sur le bras, pupilles grandes ouvertes, comme une chatte dans la nuit noire, Katia s'excite à l'idée d'une entorse au règlement de la maison. Terrifiante et excitante aventure dans les couloirs secrets de *l'Ange Noir*.

— Dis-moi, dis-moi tout !

Lui presse le bras, veut savoir, veut des histoires. Qui ? De qui s'agit-il ? Un amant régulier ? Une idylle naissante ?

— Pas ici. On en parle dehors.
— Tout à l'heure, après le travail ?
— Oui.
— On sort à la rhumerie ?
— Oui.

Glapissement de l'enfant excitée par l'idée du secret bientôt révélé. Gloussement de la femme amusée du tour joué à la maison prison, évasion fantasmée de la prison maison.

L'esprit de Katia esquisse des scénarios variés, entre passion fougueuse et relation entretenue, entre mots doux et cadeaux onéreux. Ô puissance de l'imaginaire libertaire ! Le corps n'est plus là et l'âme est partie mais le rêve subsiste, persiste, se nourrit par procuration, sommant le corps de patienter un peu et priant l'âme de revenir dans le corps alangui. Tout n'est pas perdu. Univers large, trou béant des possibles. Reviens, âme fugitive, regarde : elle rêve, ton hôtesse ; elle rêve, l'hôtesse. Ses rêves sont des cris entendus par les anges alors ne pars pas s'il te plaît, reste, reste et attends que l'ange pose son regard attendri sur le lit taché du sang de ses larmes, lavant d'un seul clignement de l'œil la souillure de ces deux années vécues dans la réclusion de son drame.

La nuit recouvre de son manteau noir le bar endormi. Les filles sont parties. La porte cloutée s'est refermée sur *l'Ange Noir*, chambre forte, nacelle des désirs inavoués, berceau des infidélités, tombeau des cœurs chagrinés, cercueil des corps désespérés d'orgueil. Les gargouilles asexuées y ont laissé leurs âmes, aussitôt aspirées par les esprits malins, fantômes de ces lieux de plaisir, avides de lubricité. Côté obscur de la vie, nuit du jour, couloir des ombres, hologrammes des désirs, palais des illusions.

La lumière est vive et forte, presque aveuglante, de l'autre côté. Clarté des projecteurs dans le bar éveillé. Bar de l'autre monde, monde où les corps sont corps, où les âmes sont restées.

Alicia mène Katia parmi la foule animée, foule compacte de têtes colorées aux formes indistinctes dressées à la verticale en cent faisceaux lumineux aux couleurs arc-en-ciel. Les pupilles habituées à la pénombre doivent se faire à cette phosphorescence vertigineuse. Formes et couleurs se confondent dans les fumigènes asphyxiants.

Katia traîne son joli corps moulé dans une courte robe noire au milieu de cette masse mouvante, excitée par la musique vibrante et tonitruante. Trop forte la musique. Tambourinante. Dérangeante.

Quatre jeunes hommes sont là, discutent avec Katia qui a soif et qui boit. Ne les voit pas vraiment. A trop bu. Et soudain. La coupe de trop ?

La fête est courte et tout se floute rapidement. La valse. Elle vacille et se noie.

La nuit laisse place au jour et Katia dort, à présent, le corps nu et lavé collé contre celui de son amie Alicia.

Alicia, de six ans son aînée, qui l'a tirée des griffes d'avides prédateurs aux méthodes licencieuses, aidée de quelques bonnes âmes obligeamment charitables. Ahuri, le chauffeur de taxi. Quelle honte ! a-t-il dit. Ce même chauffeur qui conduit les clients de jour comme de nuit dans l'antre de *l'Ange Noir*, touchant quelque pécule pour dire sa messe noire :

« *Je connais une bonne adresse. Lieu de charme discret et sans histoires.* »

Ode à *l'Ange Noir*. Les cochers sont des nochers quand vient le soir.

Mais au matin, le conducteur s'offusque, complaint et compatit. Ces choses-là ne devraient pas arriver à de pauvres jeunes filles esseulées. Heureusement qu'il ne s'est rien passé !

Il est des hommes qui pensent qu'il existe une différence entre une souffrance subie et une souffrance choisie, que ce n'est pas la même souffrance. Volontaires les demoiselles, volontaires pour donner le sein à des chiens contre des miettes de pain.

Dans son lit, la jeune fille réveillée s'étire et lève un regard étonné vers la belle panthère noire restée tout habillée.

— Que s'est-il passé ?
— Ils t'ont droguée, ces enculés.
— Sérieux ?
— Oui.

Soulagée de voir son amie sortie de son coma, Alicia se lève, attrape son téléphone pour commander un taxi.

— J'ai laissé mon fils toute la nuit chez mon voisin. Je ne l'ai même pas prévenu. Il va me tuer.

Les yeux embués, son visage d'ange empli de gratitude, Katia, le corps encore engourdi, attrape la main de sa fugitive amie :

— Merci. Mille fois merci.
— C'est normal.

Gênée, Katia, de ressentir cette satisfaction confuse d'avoir reçu des soins, même si elle ne se souvient de rien. Elle constate qu'elle est propre, lavée, dans des draps changés. Grande sœur d'un soir, la panthère noire.

— Tu t'appelles comment ?
— Shema.
— Moi, c'est Elsa.

Elle aussi existe, alors, dans ce corps il y a quelqu'un, et quelqu'un de bien.

— J'y vais…

Dangereux. Dangereux le côté clair, le monde normal, quand on est seule et sans défense. Éléphante à la merci des chasseurs d'ivoire, plus en sécurité dans un zoo, finalement.

À peine le temps de se laver, de déjeuner, que c'est déjà le soir. La nuit tombe en pleine après-midi alors qu'elle pousse à nouveau, apprêtée et guillerette, la porte de *l'Ange Noir*.

— Ça va, Katia ?

Bienveillance feinte de la gérante qui s'enquiert de connaître l'état de la laitière. Peu importe ! La jeune fille se sent bien, protégée comme un papillon dans sa chrysalide, blottie dans son cocon ouaté. Sauvée ! Le côté clair est plus obscur que le côté obscur, peuplé d'assaillants assassins, impitoyables cavaliers noirs sur des chevaux blancs à la robe envoûtante.

À *l'Ange Noir*, les intentions ne sont pas moins louables mais elles sont connues, prévisibles et contrôlables. Cadre tranquillisant et apaisant du bar où rien ne peut arriver d'autre que ce qui est programmé. Personne pour la battre, la souiller. La porte de *l'Ange* est sa maison, toujours ouverte.

Elle revoit Alicia, boit son premier cocktail. Sans alcool le premier, car les dix suivants seront chargés de rhum, parce qu'elle a la main lourde, la patronne, sous son allure fine et pâlichonne.

Vicieuse, ses yeux s'allumeront quand les filles boiront les coupes remplies du lait qui deviendra leur venin, en fin de soirée quand elles auront enquillé des litres de champagne sous le regard amusé de cette pochtronne qui les imitera sournoisement. Seront progressivement guillerettes et de moins en moins sages pour le bonheur des fêtards avant de sombrer dans un coma éveillé, état désagréable de fatigue mêlée d'angoisse, cette angoisse de ne plus maîtriser, justement, de ne plus maîtriser ce qu'elles croyaient maîtriser.

Car dans ce carnaval, tout n'est que théâtre, masques et mascarade. Les danseuses qui virevoltent en un manège de robes noires sont là pour offrir le spectacle de leur jeunesse lascive et débridée. Sous leurs airs dociles et leurs mines éclairées par moult artifices, ce sont des ventres esclames qui se tordent. Douleur au ventre, les danseuses s'efforcent de paraître à défaut d'être. Parfois, elles rient vraiment, il leur arrive de rire, guillerettes, de s'adonner au jeu un instant, emportées par la musique et la danse. Une chanson d'amour et hop ! elles repartent dans leurs rêvasseries, forteresse de leur esprit banni. Jusqu'à ce qu'une main audacieuse les ramène à la vie. Alors, le rêve s'estompe et elles reviennent, otages. Mirage !

Mais c'est mieux ainsi. Mieux ainsi et mieux ici que dehors, et pourtant elle veut entendre, Katia, entendre les histoires d'Alicia, les histoires de celle qui ose mettre le nez dehors.

Elle a essayé, et voilà. Trop dangereux, le monde de dehors. C'est comme traverser une mer agitée sur un radeau de fortune, à la recherche d'un eldorado lointain.

Devant leur cocktail, les deux filles se contemplent, complices. Ne parlent pas des événements de la veille. Un simple accident, comme il en arrive souvent. Un accident du dehors. Alicia le sait, est coutumière des incidents, elle qui affronte les dangers, beauté rebelle et outrancière.

Entre ces murs feutrés, Katia rêvasse, aimerait parler. La gérante est trop près. Elle veille, la gardienne. Dans deux minutes, le bar ouvrira ses portes et les loups entreront dans la bergerie. Fanny n'est pas là. Et si… ? Non, pas encore. Ce n'est pas son heure, c'est tout.

Cette après-midi, elles sont deux. L'après-midi, on peut travailler à deux. Moins de monde. Sauf exception. Et ce soir est une exception.

La sonnette retentit et quatre quadragénaires entrent, chose très curieuse, les clients étant en général plutôt vieux. Katia n'aime pas les jeunes, leur familiarité insolente, leur goujaterie. Ils veulent et prennent, attendent de leur mise, tandis que les vieillards respectent et donnent, reconnaissants de revivre leur jeunesse.

La gérante accueille ce groupe qu'elle connaît bien. Accueil spécial, monte le son de la musique. Les deux filles sont invitées à danser sur des airs de rock'n'roll et Katia tourne, tourne, vole et virevolte, sa main dans celle d'un homme charmant, courtois et galant. Un charme pénétrant. Non, ils n'ont rien d'agressif, ces jeunes, venus pour s'amuser sans autres intentions. Sans autres intentions, disent-ils, ce que contredit le billet que le mystérieux ténébreux glisse subrepticement entre les mains de Katia après la énième danse. Gratifiant, le billet ? Non. Il y a autre chose dans ses yeux. Du vice, de la tentation. La tentation du vice, peut-être, à laquelle il n'a pas pu céder.

La tête chancelante d'avoir trop tourné, les pieds meurtris par ses « plateformes » serrées, la belle s'effondre nonchalamment sur la banquette après avoir glissé le billet dans la poche arrière de sa jupe. Un pourboire. Combien ? Ne sait pas. On ne dit pas ces choses-là. C'est secret, intime. Secret gardé, bien conservé. Elle ira le regarder en cachette, son billet, dans les toilettes, comptera ses arrhes en fin de soirée.

Ils partent. Jeunesse partie, entre vieillesse avertie.

On ne danse plus mais on parle et on rit. On rit de choses drôles et de choses moins drôles, mais on rit parce que les hommes qui viennent ici veulent du rire, du rire et des charmes, un miroir de gaieté pour les visages ridés.

Dans les toilettes, Katia compte. Parmi ses billets, se trouve un autre billet. Le ténébreux de tout à l'heure a griffonné son nom et laissé ses coordonnées.

Le rappeler, ne pas le rappeler ? C'est interdit. Le jeter ? Elle regarde le fond de la cuvette, envisage de s'en débarrasser, mais envisage seulement, par convention. L'espoir au fond d'un trou, sûrement pas.

C'est vrai qu'il avait l'air subjugué, le ténébreux, subjugué et heureux comme un cavalier au galop.

Le garder, le garder, le mot, et le serrer contre son cœur.

Une oasis dans son désert d'amour. Une fontaine d'eau fraîche pour son cœur tari.

Elle sourit. Sourire de l'ange qui illumine ces deux mètres carrés d'espérance. Referme la cuvette. Sourit. Sourit encore. Belle d'espoir, de fraîcheur et de candeur.

Cette nuit aura une fin et elle verra le jour demain.

Sa flamme n'est pas éteinte, étincelle d'espoir.

Partout les feux s'allument. Feux des phares et des lampadaires, feux des astres diurnes, lueurs des astres nocturnes, qui éclairent de leur incandescence les âmes qui s'éveillent, sommeillent et s'émerveillent, tandis que les flammes des bougies, sur leurs socles éphémères, se consument en silence derrière les murs noirs.

Mais le matin est là, vraiment. De son lit, dans la pénombre de sa chambre, elle la voit cette lumière, voit ses rayons passer, s'inviter à travers les espaces laissés par ses volets roulants mal fermés. Comme c'est agréable !

Elle n'a pas envie de se lever, pas tout de suite. Sa tête est lourde des excès de la veille, vilains étourdissements. Katia a beaucoup transpiré, et ce matin encore, elle a chaud.

Somnoler, rester quelques minutes de plus à admirer cette poussière de paillettes dorées passer à travers les petits trous du tablier. Somnoler. Somnoler et rêver à cet être mystère dont elle s'évertue à redessiner, en mémoire, le portrait. Il lui semble qu'il était beau. Il lui semble qu'il était tendre. Il lui semble qu'il était grand. Pas très musclé. Silhouette normale, mais épaules larges, rassurantes. Elle sourit, tourne son visage pour capturer un peu de la poussière d'étoiles.

Finit par allumer la lampe et traverser le lit en se laissant glisser pour se diriger vers la salle d'eau attenante.

Le miroir réfléchit l'image d'une femme débauchée, cheveux en pagaille et traits fatigués. Ses yeux sont cernés. « Je vais bientôt ressembler à Maurice, si ça continue. » Pouah ! Secoue la tête dans une moue de dégoût. Se lave le visage avec du savon, coiffe ses cheveux. Mal mis. À cause du postiche. Besoin d'une bonne mise en plis. À la douche et hop, brushing !

Elle se maquille, la poupée, remet de la couleur sur ses grands cils. Aujourd'hui est un jour non travaillé. Aujourd'hui est un jour à rêver.

Traverse le lit pour passer de l'autre côté. Replie le lit en canapé. Fait deux pas pour atteindre la cuisine. Se penche pour ouvrir le réfrigérateur. Saisit une demi-bouteille dans laquelle flotte un reste de champagne.

« Ça fera l'affaire. »

Boit au goulot.

Attend un peu puis allume la cafetière. Pas de réveil sans café. Une bonne journée commence par un bon café.

Mignonne et tendre dans sa tenue *homewear*, short et caraco de coton bleu nuit orné d'une bande de dentelle noire.

Elle met un peu de jazz, prend son smartphone, cet appareil qu'elle n'allume jamais tant elle est seule, orpheline de naissance, et seule depuis qu'elle est partie, qu'elle a tout quitté, ses amis de Toulon, pour rejoindre la capitale dans l'espoir d'une vie plus doucereuse, plus épanouie. La capitale, usine du monde, gouffre sans fond dans le ventre duquel elle s'enfonce plus chaque jour comme un mineur dans un cuffat. Ne sait pas où elle va. Espère toujours qu'elle s'en sortira.

Mais elle ne désespère pas. Ce matin, elle sourit. Il est presque midi. Elle prend son téléphone et compose le numéro. Pas de réponse. Elle retente un appel. Toujours aucune réponse. Elle repose le téléphone, déçue et… miracle, l'homme rappelle !

> — Bonjour. Je m'appelle Katia. On s'est vus au bar, et vous m'avez laissé votre numéro.

Silence de l'homme surpris, agréablement surpris et ravi. Lui répond d'une voix assertive, travaillée pour ne pas exposer sa gaieté enfantine, pour ne pas avoir l'air trop enjoué.

— Bonjour, Katia. On peut se tutoyer ?

Tutoiement direct. C'est bon, ça. Perturbant mais bon signe.

— Oui, bien sûr.
— Ton prénom, c'est vraiment Katia ?

Aïe. Autre interdit. Première règle : ne jamais laisser ses coordonnées à un client. Enfreinte ! Deuxième règle : ne jamais dire son prénom.

— Euh… Elsa.

Enfreinte ! Double interdit. Esprit rebelle, comme Alicia. Sent monter l'adrénaline. Comme c'est bon de transgresser !

— Eh bien, enchanté, chère Elsa. Moi, c'est Éric.

Elle rêve. Un rêve éveillé. Ne sait plus ses traits mais imagine. Sa pensée le redessine, peau lisse avec juste ce qu'il faut de rides pour lui donner un air assuré, et sécurisant. Un visage rieur creusant deux mignonnes petites fossettes. Carré le visage, c'est plus viril, plus mâle.

Il la revoit. Déesse enchanteresse. Petite poupée blonde au regard tombant, regard bleu azur émouvant comme un soleil couchant, tacheté de reflets irisés. Un soleil qui se couche sur une mer tranquille. Il se revoit sur son hors-bord regardant ce soleil lointain, inaccessible, serein.

Le rose sur sa peau est comme ce crépuscule confondant les pastels, une caresse pour le regard envoûté, une invitation au voyage.

Elle avait quelque chose de pitoyable et c'était émouvant. Il ferme les yeux, croit sentir l'odeur du lait sur sa peau ferme et ronde, peau laiteuse d'une enfant dont les formes sont le calice de divines délices.

Énigmatique, la belle de nuit. Sans nom, sans identité, sans histoire, anonymat que les clients viennent chercher quand ils viennent, prennent et repartent, mais il n'est pas un client. Il était simplement de passage, de passage comme le vent, accompagnait ses clients soucieux de le divertir. *Business is business*. Une fille offerte en cadeau d'affaires.

Il n'en a pas voulu. Ne paie pas pour cela. Mais il est tombé amoureux, charmé par la beauté peut-être, par l'innocence, sûrement. Elle avait quelque chose que les autres n'ont pas…

Tombé, l'anonymat. Elsa. Elle a un nom, la petite danseuse de *l'Ange Noir*. Elle a un nom et un âge aussi, un âge qui a presque la moitié de son âge à lui. Il se remémore la sensation de sa main d'homme sur cette paume délicate prolongée de doigts longs et fins, les ongles brillant d'un rose léger, parfaitement manucurés.

Il lui dit qu'il veut la revoir, un soir, un soir hors du bar, mais où ? Que va-t-il penser ? Elle ne peut pas l'emmener chez elle, dans son studio humide, décoré avec charme dans la mesure de ses maigres moyens, mais pas assez beau pour lui qui doit être habitué au luxe.

Invitation à dîner. Dans trois jours. Trois jours à attendre et espérer. Trois jours à imaginer. Trois jours.

Deux jours. Ennui profond. Elle se morfond. N'a pas envie de travailler. Un client. Elle se lève en soupirant. Alicia la regarde, elle comprend.

— Katia, il faudra que tu me racontes.
— Oui.

Qui la demande ?

Ah, le mégalo. Il va falloir l'écouter parler, admirer sa grandeur et faire « Oh ! Waouh ! » Onomatopées révérencieuses. Courber l'échine devant sa grandeur. Chef d'entreprise, parti de rien, tout créé. Cent cinquante salariés, tous reconnaissants. Il les fait vivre, sans lui ne seraient rien. Et son épouse : comblée, la chanceuse, petite secrétaire sans avenir qu'il a changée en femme de, et quel titre ! La femme de lui.

Elle boit en l'écoutant parler de lui, faussement admiratrice de ses ostentatoires exploits.

« Ah, ah, regarde-moi ! Je suis gentil, moi, tu as de la chance, je ne suis pas un client comme les autres. Tu vois, on boit, on parle, enfin, *je* parle, c'est tranquille.

Bon, maintenant, retourne-toi. »

Tout n'est que théâtre. Pendant que la brute s'affale sur son corps impassible, l'esprit absent de la belle divague et s'enfuit vers la fraîcheur d'une cascade. Elle se tient debout, bras écartés au-dessus d'une chute d'eau. Libre dans le confinement de ce carré noir.

Puis, elle pense à Éric. Elle n'est pas amoureuse mais l'idée de l'inconnu mystère lui offre une douce évasion, un cocktail d'air pur dans une pièce confinée.

Se rhabille. Referme l'horrible gomme et sourit d'un air reconnaissant, remerciant le puissant Seigneur d'avoir illuminé sa vie maudite. Il a fallu crier. Dans un élan, elle a crié, crié au Saut de l'Ange. Il est content. Fier et content. Tant mieux. La gérante aussi est contente. Tant mieux.

Combien de sauts encore ce soir ?

Un jour. Un jour avant de revoir l'homme mystère. Il l'a rappelée. Pour s'assurer qu'elle était toujours d'accord. Comme si elle avait autre chose à faire que d'être d'accord. Sa vie est dans l'attente, morose et impatiente, que quelque chose se passe.

Tentation. Tentation de dire à Alicia. Comme il est difficile de garder un secret ! Ils piquent la langue, les secrets. Ils dévorent la chair comme la lèpre. Derrière ce paravent, dans ce petit coin sombre que les filles appellent le « vestiaire », elle chuchote, laisse glisser le secret qui n'est plus un secret. Transformé en information, le secret. Dangereuse révélation. Elle peut perdre son emploi, pour cela. Elle fait confiance à Alicia. Pourtant, elle ne la connaît pas. S'était juré de ne jamais déroger, de montrer patte blanche, de ne se fier qu'à elle-même, de ne jamais se confier.

Pourtant, elle a besoin de dire les choses, alors elle susurre son terrifiant et excitant secret aux oreilles de celle qui lui a confié le sien. Je te tiens, tu me tiens. N'est pas à l'abri, pourtant. Secret partagé n'est plus sous clés. Elle le sait.

Angoisse nouvelle. Angoisse de savoir que la confidence peut être dévoilée, exposée comme du poisson séché. Prend le risque, ose. L'histoire n'existerait pas si elle était tue. Une histoire n'a de sens que si elle est connue. Envie de déclamer, de déclamer haut et fort qu'il lui arrive quelque chose. Ne sait pas quoi mais qu'importe ! Cela arrive et c'est déjà beaucoup.

Fanny n'est pas venue. N'a pas prévenu. Peut-être malade, peut-être trop fatiguée. Si elle ne vient pas demain, il faudra s'inquiéter. Elle a besoin de son salaire, c'est étonnant qu'elle ne soit pas là !

Jour J. Termine à 2 heures aujourd'hui. 15 heures à 2 heures. A fait l'après-midi et le soir. C'est long. Sont toujours au moins deux. Fanny n'est pas là. Encore malade, peut-être. La patronne dit qu'il faudra s'inquiéter demain. Encore. Katia est dubitative. Mais bon, fait confiance à la patronne, elle sait ce qu'elle dit, elle la connaît mieux que personne. C'est sa nièce, après tout.

Une heure, plus qu'une heure à attendre. Envie de partir, déjà, de retirer cette robe trop courte et ces chaussures qui la maltraitent, de revêtir une tenue plus décente, chic et sexy. Achetée avec les pourboires de la semaine passée, juste pour la soirée. Un événement, cette soirée. Un amoureux intéressé par elle, vraiment par elle, elle lui a parlé et il lui a dit qu'elle n'était pas que belle, qu'elle était touchante, également. Il veut la connaître.

Pas de restaurant ce soir, c'est trop tard. Il n'y a plus rien à 2 heures du matin, mais il y a l'hôtel. Un hôtel magnifique, luxueux. Un accueil chaleureux, personnel aux petits soins. Subjuguée par la magnificence des lieux, elle n'a jamais vu autant de richesses. C'est grand, marbré et doré. Et la chambre ! Quelle chambre ! Un lit *king size*. Des draps de coton fin, doux et délicieux. Une nuit magique dans des bras qui l'étreignent. Il est beau, encore plus beau que dans ses souvenirs.

À présent qu'elle est seule, sa mémoire recompose la musique de sa délicatesse décortiquant les gestes lents, attentifs, les gestes d'un mari protecteur et aimant.

Amoureuse ou pas, elle pense à lui, aux traits de son visage, à ses petites rides au coin des yeux, à ses sourcils épais, froncés quand il plonge ses grands yeux couleur terre dans l'océan de ses yeux clairs, à ses cheveux jais, épais, doux comme du satin de soie, à sa bouche exploratrice et gourmande, à sa peau chaude comme la braise.

Foudroyée. Amoureuse, peut-être pas, mais foudroyée par autant d'attentions. Katia la bacchante, ardente tentatrice soulevant le voile de sa pudeur retenue, devenant ou redevenant Elsa, servante d'Éros, vestale limogée.

Elle le revoit en pensées, exquise résurgence de son regard possédé, charmé, envoûté. La regardait comme une déesse, la couvrait de caresses et de baisers comme si elle allait disparaître dans la foulée, s'évaporer, partir en fumée, combustion spontanée de l'amour trop rapidement consommé. Fou d'ivresse, et pourtant, il prenait son temps, savourait chaque heure de cette nuit magique, chaque minute de cette heure encore plus fantastique, chaque seconde de cette minute encore plus mirifique.

Elsa se sentait femme alors et se sent femme encore, unique. Elle n'aime pas encore mais elle est aimée et s'aperçoit qu'elle aime être aimée.

Les jours suivants sont une terrible épreuve, à s'en ronger les sangs. Envie d'en savoir plus sur cet amant qui lui envoie des fleurs et l'appelle à toute heure.

Quarante-deux ans, certes, mais encore. Qui est-il ? Ils n'ont pas trop parlé. Enfin si, ils ont parlé, avec leurs cœurs, avec leurs corps, avec leurs mains et leurs langues mêlées à former leur propre langue, dialecte de l'amour célébré à l'unisson.

Mais qui est-il ? Où vit-il ? Dans quoi travaille-t-il ? Politicien, artiste connu et référencé, acteur de grande notoriété, banquier, trader, notaire, médecin ? Avocat, elle le verrait bien avocat, avec sa prestance, ou non, homme d'affaires, dirigeant à fort charisme, imposant en société et tellement ours dans l'intimité.

Homme d'affaires. Elle lui demandera ce soir. Ils parleront d'autre chose que de mondanités.

> — Bonjour Elsa. Comment vas-tu ce matin ?
> — Oh, Éric, comme je suis contente de te parler ! Je vais bien, merci. J'ai dormi comme un bébé.
> — Tu es un bébé, mon bébé.

Un petit mot d'amour glissé subrepticement qui fait tout son effet. Elsa a envie de sautiller, ses muscles se contractent, elle jubile.

Il reprend :

> — Tu me manques, tu sais. Plus que quelques jours et je te revois, ma beauté… et je t'enlève pour la soirée.
> — Mais…
> — Ne te préoccupe pas de l'argent. S'il le faut, je te donnerai ce qu'il faut pour compenser. Tu n'auras qu'à dire que tu ne te sens pas bien, d'accord ?
> — D'accord.

Impressionnant, le restaurant. Un caveau, décoration à l'ancienne, tout de somptuosité. Tables rondes drapées de nappes plus blanches que les pétales de l'arum blanc, fauteuils d'époque, personnel en costume. Elsa, sur son trente-et-un dans son tailleur jupe gris anthracite, ne dénote pas. Pourtant, elle ne se sent pas à sa place. Trop de faste, trop d'apparats. Des hommes en haut-de-forme, comme au siècle passé, vêtus de costumes impeccables avec des petites pochettes rouges ou en polo de golf. Les mêmes tenues qu'au bar, peut-être, mais l'impression est différente dans cet endroit éclairé, cet endroit où les gens viennent, rient et mangent, où les femmes sont avec les hommes et non pas pour les hommes. Ce soir c'est même Éric qui est là pour Elsa. Ô parfum de l'amour !

Des notes de piano, elle ne connaît pas le pianiste, mais elle aime le piano, cette douce musique qui l'emporte l'invite à la rêverie mais le rêve est là, rêve éveillé.

Éric plein d'attentions et le personnel aussi, qui en fait même trop avec son ramasse-miettes toutes les cinq minutes. Les plats ont des noms à rallonge que les serveurs récitent par cœur, tels des automates.

— Est-ce que cela te plaît, ma chérie ?
— Oh ! Éric, c'est trop…

Il sort de sa poche un écrin qu'il ouvre devant la jeune femme émerveillée. Un collier d'une finesse presque irréelle, un fil d'or blanc orné d'un pendentif en V comptant une poignée de minuscules cristaux scintillant comme des étoiles, étoiles qui se réverbèrent dans les grands yeux ciel de la belle.

En gentleman il se lève, fait le tour de la table, écarte les boucles blondes de la nuque délicate et pare le cou des brillants éclats.

— Ce sont des diamants, précise-t-il en caressant sa joue.

Elsa replace ses cheveux d'un geste gracieux, se sent belle et muse, éprise. Jamais on ne l'a traitée avec autant de déférence.

— Il te plaît ?
— Oh, mon Dieu, oui ! Éric, je…
— Oui ?
— Je…
— Dis-le.
— Je t'aime.

Les mots se sont échappés de ses lèvres à son insu, aussitôt regrettés comme une lettre partie trop tôt. À cet instant, ils planent, volée d'oiseaux migrant vers le cœur attendri. Évadés, les mots, comme une armée de prisonniers, imprévisibles, coupables ou innocents libérés par une bouche complice.

Ardente tachycardie. Son cœur s'excite, bat la chamade. Elle attend la réaction, le revers, la volte-face peut-être.

Silence. Silence pesant. Insupportable silence, et son pouls s'excite dans son cou paré.

Voix tremblante de l'homme embarrassé par cet aveu heureux qui force la révélation.

> — Elsa… il faut que je te dise quelque chose.
> — …
> — Je suis marié.
> — …
> — Je t'aime.

Soulagement ! Souffler, faire retomber la pression cumulée qui peut altérer la grâce. La beauté parée lève ses grands yeux bleus d'un geste soulagé, sourit, sourire de l'ange aimé en retour. Marié ? C'est tout ? Oh, mais ce n'est rien !

> — Nous n'avions pas prévu de nous rencontrer.

Les mains se rejoignent au centre de la table.

Marié depuis quinze ans à une avocate rencontrée sur les bancs de la fac. Mariage de raison plus que de passion. Deux enfants. Pierre-Louis et Auguste. Douze et huit ans. Fils du patron d'une grosse entreprise, héritier de son empire.

Elsa, rassurée, se réjouit, se dit qu'elle est peut-être sa première passion. À ce moment-là, il devient son premier grand amour.

Tout change quand on est aimé, parce que tout commence quand on est aimé.

De ce jour, la vie n'a plus la même saveur, elle est mielleuse ou âpre selon les circonstances.

Le mot « travail » reprend son sens étymologique. Devient torture. La tourmente. Les gestes jusque-là effectués avec un détachement indifférent lui semblent amers et dégoûtants. Elle n'est plus affective avec ses clients, elle les déteste. Honteux personnages, cupides aux pratiques avilissantes, abusant de leur sexe, mais le sexe n'est pas leur arme, leur arme est le pouvoir impudique qu'ils brandissent au nez des dépendants. Honte à eux !

Son changement d'humeur pique la curiosité de la patronne pochtronne qui devient soupçonneuse, guette, surveille, interroge du regard ses moindres faits et gestes. Des clients se sont plaints. Farouche, la petite ! Attention ! Le client est roi, ne l'oublions pas.

Fanny est revenue. La baronne a dit qu'elle était malade. Fanny n'a rien dit.

Alicia est au salon et Katia veut savoir.

— Tu avais quoi ?
— J'étais malade.
— En vrai.
— …
— Ne t'inquiète pas, je ne suis pas là pour te juger, je m'intéresse à toi, c'est tout.

— Surdose.
— Je m'en doutais, tu sais. Cocaïne ?
— Héroïne.
— Tu es jeune.
— Oui.
— Depuis combien de temps tu prends ça ?
— Deux ans.
— Tu ne peux pas arrêter ?
— Non, je suis foutue maintenant.
— C'est triste de dire ça à dix-neuf ans.
— Je suis foutue. J'ai toujours besoin de plus de doses. Quand tu tombes dedans, c'est fini. Tu as de la chance, toi.
— Tu trouves ?
— Oui.
— Tu n'as pas tes parents ?
— C'est compliqué.
— D'accord. Je m'appelle Elsa.

Malgré son corps décharné, elle est jolie, Fanny, petite fleur esseulée qui respire la pureté. Elle marque un temps d'hésitation. Dire son nom, c'est interdit. Sans travail, pas d'héroïne. Sans héroïne, pas d'alibi à la vie. Sans alibi… à quoi bon ?

Mais la volonté d'être est plus forte que la crainte de tomber.

— Moi, c'est Agnès.

Agnès, comme l'agneau. Elle aurait pu lui donner ce prénom qui lui va très bien. Agnès, petite agnelle perdue. Agnès, petite agnelle tondue. Agnès, petite agnelle foutue.

Elle existe. Elle est. A un nom. Elle est. Revenue dans la lumière elle aussi, quelques secondes, car très vite les ténèbres retomberont, quand tout à l'heure, cachée dans les toilettes du bar, avachie sur la cuvette fermée, l'enfant respirera le venin qui remplacera le lait dans son sein blanc. Triste tableau ! Au moins, l'espace de quelques secondes, elle aura existé.

Shema est redevenue Alicia, Alicia la sauvageonne avec ses longues tresses africaines tirées en queue de cheval. Alicia et sa bouche sulfureuse. Alicia et ses grands yeux puissants, noirs de rage et de combats. Alicia.

Shema avait quatorze ans. Tapie sous la table de la salle à manger, elle regardait, tétanisée, ses parents se faire massacrer par les extrémistes hutus. Sa sœur, sa grande sœur chérie, violée sous ses yeux et mutilée. Petite puce tremblante, silencieuse, cherchant une échappatoire à ce terrible drame ; élançant ses frêles petites jambes de gazelle vers la fenêtre ouverte pour s'y jeter puis courir, courir encore jusqu'à l'épuisement.

Shema, recueillie par sa tante, réfugiée en France, pays de l'espérance, asservie, traitée en esclave. L'école, doux refuge, mais les domestiques n'ont pas besoin d'école. À seize ans, ce n'est plus obligatoire, l'école. Alors elle sert et on la bat quand elle ne sert pas et on la bat même si elle sert. Alors elle s'enfuit, seule, démunie, sans diplôme ni référence aucune, vers l'école de la vie, et là voilà, Alicia. Et son petit, d'où vient-il ? On ne sait pas. Elle non plus, ne le sait pas. Siméon, son amour. Siméon, son combat.

La voilà, Alicia, qui revient du salon, s'assied, son épaule contre celle de Katia, retire ses escarpins.

— Ça va, Katia ?
— Et toi ?
— Pas vraiment. Elle m'énerve.

— Qui ?
— À ton avis ?
— La patronne.
— Oui.
— Vous vous êtes disputées ?
— J'ai fait des tests.
— Des tests de ?
— Des tests sanguins.
— Oh ! VIH ?

L'éternelle menace, planante. La faucheuse est cachée dans tous les recoins et peut sortir à tout moment. On a beau prendre toutes les précautions, les accidents arrivent, de temps en temps.

— Non. Le foie.
— C'est pas vrai ?!
— Je suis là depuis sept ans. Elle m'a bousillé le foie. C'est sa faute, elle nous force à boire !
— C'est sérieux ?
— Je crois que je suis dans la merde. J'ai d'autres tests à faire, mais si je dois y passer, elle va y passer aussi.

Qu'est-ce que ça veut dire : « sérieux » ? Condamnée ? À vingt-six ans ? Ce n'est pas possible ! La rage dans les yeux, la belle damnée ne pleure pas, essuie sa peine d'un revers de la main. Condamnée d'avance. Cadeau de naissance. Mais son fils ?

Alicia passe sa main sur le cou de Katia, intriguée par le brillant bijou.

— Il est beau ton collier. Ce sont des diamants ?
— Oui, tu les reconnais ?

Elle rit. Malgré la gravité de la situation, elle rit.

— Bien sûr que oui !

— C'est Éric qui me l'a offert.

— Hein, hein… donc, il est amoureux ?

— Oui.

Alicia se tourne brusquement vers Katia en lui saisissant les mains. Son regard de panthère noire planté dans les yeux limpides de sa jeune amie, elle lui dit, sur un ton alerte, le visage grave et altier :

— Saisis ta chance ! Pars. Ne reste pas ici.

L'attente. L'attente impatiente et excitante. Saisissante, l'attente. Forte et émouvante. L'attente d'un appel, d'une parole, d'une promesse, l'attente plus délicieuse encore que la rupture de l'attente. La présence, rupture de l'absence. Triste fin de l'attente. Trop brutale. Une chute moins vertigineuse que la montée. Escaliers vers l'amour, espaliers de l'amour dont la dernière barre est l'orgasme ultime…

Elle lui raconte, confie son histoire en cherchant dans les eaux troubles de sa mémoire. Orpheline de père et de mère, ballottée de foyer en foyer, violée par le fils de sa famille d'accueil. À maintes reprises, violée. Renfermée, discrète, n'aimait pas l'école. Les autres se moquaient d'elle parce qu'elle ne parlait pas. Mutisme de la souffrance endurée une fois la nuit tombée. Le jour n'était pas moins difficile que la nuit. Rejetée. Rejetée du jour et de la nuit. Le corps mutilé et le cœur brisé. Alors elle est partie. Lors de sa seizième année. Partie avec un jeune légionnaire rencontré au hasard d'une soirée. Un mauvais gars. Mauvais mais pas plus brutal que le premier. Captive, recluse, soumise. Partie sans rien, indigente mais libre. *L'Ange Noir* est depuis sa maison.

Touché, il pleure. Pleure pour elle, a mal pour elle. Imagine mais ne peut pas imaginer les épreuves endurées. Un peu d'amour, dans tout cela, cependant. Un peu, tout de même un peu et c'est ce qu'elle a retenu, femme désenchantée et innocente enfant.

— Mon amour, ma chérie, ma déesse. Imagine-nous toi et moi, ma princesse, ensemble, parcourant le monde. Je t'emmènerai en Espagne, en Suisse, au Japon, en Russie, où tu voudras. Nous irons d'hôtel en hôtel et nous ferons l'amour partout, dans tous les pays du monde, partout.
— Éric, tu es marié…
— Je sais. Mais je vais divorcer. Il faut que tu patientes. Il faut juste patienter. En attendant, j'ai quelque chose à te demander.
— Quoi ?
— Je veux que tu ne sois qu'à moi.

La tête posée sur le torse puissant se redresse soudainement et Elsa dirige ses yeux étonnés vers son amant. Le regard tourné vers le ciel, sérieux et austère, Éric dicte ses conditions à la belle espérant :

— Bien sûr, je paierai ce qu'il faut. Pour tes frais. Je m'assurerai que tu ne manques de rien.

Ô puissance de l'idylle ! Largesse de la requête de l'homme amoureux de sa dulcinée, dulcinée chérie au cou paré d'un collier fin comme un fil d'or. Requête légitime. Comment pourrait-il accepter, amoureux comme il est, que sa maîtresse se donne à des chiens en rut, alors qu'elle pourrait dormir paisiblement dans des draps de satin, espérant la chaleur des bras réconfortants de celui qu'elle attend ?

Requête généreuse. Triste sort de cette jeune femme au destin gravé dans sa nacelle qu'un simple geste de sa part peut renverser. Inverser. Inverser le sort. Sortir la femme de ces engloutisseuses ténèbres.

Elle se souvient des mots d'Alicia « Saisis ta chance. Pars. Ne reste pas ici. » Alicia condamnée, comme Fanny. Tombées dans les griffes de la nuit, la mort assurée.

Le lanternier éclairant le chemin de la belle perdue dans le labyrinthe nocturne de la lanternière. Thésée espère Ariane, et Ariane se perd.

Bien sûr elle le suivra, son éclaireur, bien sûr qu'elle sera à ses côtés. Découvrira d'autres villes, confortablement installée dans une voiture de luxe. Écoutera des airs de musique classique. Au départ, elle ne les comprendra pas, son oreille n'étant pas habituée. Se laisser bercer, se laisser porter par la douceur des notes incantatoires, mais comment se laisser aller quand on n'est pas habituée ? Elle regardera son amant en transe, balançant sa tête de gauche à droite, apaisée, mélodieusement apaisée, essaiera de l'imiter, de comprendre et ne comprendra pas vraiment, pas tout de suite. Peut-être un jour, mais pas tout de suite.

Découvrira d'autres pays, l'accompagnera dans ses voyages nécessaires. Elle prendra l'avion pour la première fois, découvrira les nuages ouatés à travers les hublots, connaîtra le mal de l'air, peut-être, mais il passera vite et elle posera son joli minois rasséréné contre l'épaule large et rassurante de son amant. Regardera le monde du ciel, tel un aigle royal survolant les collines, les montagnes, les rivières, les océans. Dormira dans des hôtels de luxe.

Elle sera reine, elle sera sphinge.

Il paiera. Elle aura un appartement plus grand, démarrera une formation. Deviendra décoratrice, sûrement.

Elle attendra. Elle attendra qu'il décide de se séparer. Alors, ils pourront vivre ensemble, dans sa grande maison près de Lyon. Alors elle connaîtra ses enfants, et ils auront, ensemble, un autre enfant.

Et le soir elle l'attendra, bien sûr qu'elle l'attendra.

Et le soir elle ne l'attendra pas, bien sûr qu'elle ne l'attendra pas.

Bien sûr. Bien sûr que non.

Bien sûr qu'elle ne le suivra pas. Pourquoi ? Pour quoi ? Pour découvrir d'autres villes, passivement installée sur le siège passager en écoutant la musique qu'il aura choisi d'écouter et de lui faire entendre ?

Pour découvrir d'autres pays qu'elle ne visitera pas, languissant dans une chambre d'hôtel, attendant que l'homme puissant heureux de ses affaires du jour ne vienne célébrer son excellence dans l'antre de sa bouche, dans le blanc de sa couche ?

Oh oui ! elle le porte ce collier d'or fin et elle le porte bien, mais il s'impose et lui impose. Il est comme le collier d'un chien : il l'attache à son maître. La reconnaissance est la pire des doléances. Avec lui, elle ne sera jamais qu'une sculpture d'elle-même, moulée par les doigts cupides du maître artisan. Une location. Or, un service payant doit être un service conciliant et plaisant.

Elle n'attendra pas. Elle n'attendra pas qu'il décide de rompre. Peut-être qu'il se séparera. Peut-être. Si sa femme ne lui plaît plus. Peut-être. S'il ne plaît plus à sa femme. Mais alors ce n'est pas elle qu'il choisira, elle, sa maîtresse qui l'aura attendu cinq, sept ou dix ans. Parce qu'il aura un poste important, fréquentera des gens importants et qu'elle traînera toujours son lourd passé (qui est au moment présent son présent) comme un boulet, attaché par une chaîne d'argent à sa cheville de verre.

Le jour se referme sur la nuit. Nout ravale l'astre brûlant, et les astres scintillants ornent la voûte céleste de leur éclat. La nuit est le relais du jour, et sous le jour et sous la nuit il est une autre nuit.

Dans cette nuit, dorment les petits oiseaux et sortent les chauves-souris. Elle ne les entend pas chanter, les oiseaux, n'entend pas leurs sifflements mélodieux dans les branchages verdurés des charmantes charmilles. Dans cette nuit, les ballerines rendent leurs chaussons, et d'acrobatiques danseuses ouvrent un bal endiablé. Elle ne les voit pas, ces petits rats d'opéra qui valsent, légers et souples, les corps soulevés comme des feuilles mortes par le vent musical, vent calme ou tempête au rythme de l'orchestre. Elle ne voit pas les arbres ni les jardins fleuris. Ne distingue pas les saisons.

Dans cette nuit insipide, sans saisons, trois jeunes filles attendent, sans impatience, leur tour de galipette.

— Et alors, tu lui as répondu quoi ? demande Alicia.
— Je lui ai rendu son collier.

Ahurie, Alicia, elle n'en croit pas ses yeux.

— Mais tu es folle !

À Fanny d'insister :

— Mais Katia, ça ne va pas ?

Katia rit. L'amour. L'amour. L'amour. Elle est amoureuse. Il est amoureux, il ne la quittera pas, du moins pas tout de suite. L'amour est toujours là, mais il est là sans illusion, dans l'ombre de la pénombre. La nuit reste la nuit. Il y a les gens du jour et les gens de la nuit, et la nuit ne peut pas se mêler au jour, ils sont comme l'eau et l'huile. La nuit succède au jour, et c'est tout. L'amour. L'amour. L'amour. Éphémère passion, juteuse invitation à l'exaltation. L'amour. L'amour. L'amour. L'amour qui tire du quotidien. Les rêves du jour sont le jour de la nuit.

Elsa chante et Katia sourit.

Sa liberté à elle, à cette heure, tient en ces quatre murs, ces murs qui la rassurent, ces murs ceints au sein familier. En dehors de ces murs, le danger flotte, crépuscule d'or et de sang, à la fois mirifique et menaçant. Une sirène dans la nuit. Dans ces murs, sa cage dorée, sa forteresse. Double forteresse.
Elle est de ces marins nés pour être marins qui se donnent à la mer, condamnés volontaires, accueillant le naufrage comme la volonté divine de Lemanja.
Espoirs déçus, espoirs déchus. L'amour est une image, floue, hologramme insaisissable qui file et qui défile. Ce qu'elle aime, dans l'amour, c'est l'attente, l'espérance et l'absence.
Ses rêves sont sa douce réalité.

— Tu sais, Alicia, au fond, je crois que ce que j'aime dans l'amour, c'est l'amour de l'amour.
— Non. Tu as peur de vivre, c'est tout.
— Peut-être. En tout cas, le jour où je partirai, c'est que je l'aurai choisi, moi. Mais pas comme ça.
— Si tu peux.
— Si je peux.
— On va toutes crever ici.
— Peut-être.

Soupir d'Alicia.

— Bon, je suis quand même contente que tu restes avec nous.
— Et tes analyses ?
— Ça va, je ne suis pas tout à fait morte, mais il faut que je fasse attention.
— Tu vas faire comment ? *Elle* ne va pas te servir du jus de fruits…
— Non, c'est une grosse alcoolique. Elle veut qu'on boive parce que ça la déculpabilise.
— Oui, je crois que c'est ça. Du coup, tu vas faire quoi ?
— Arrêter de picoler en dehors du boulot, ça me tuera plus lentement.

La sonnette retentit. Grognement d'Alicia, elle qui vient d'entamer une conversation *a priori* passionnante sur son smartphone.

La patronne annonce l'arrivée de Maurice. Maurice. Maurice, vieillard séducteur cherchant le souffle de sa jeunesse dans une jeunesse glacée, une sonde pour son cœur dans des cœurs abîmés, un dictame pour son âme dans des âmes tourmentées.

— C'est pour moi, annonce Katia.

Maurice aime bien Katia. Katia aime assez bien Maurice. Maurice aura Katia et Maurice est content.

8.

La bonne fée

    Le téléphone sonne et aussitôt Mireille décroche. C'est Marie qui s'enquiert de savoir si Elsa a bien mangé. La nourrice confirme que la petite a bien mangé et qu'elle fait sa sieste, à présent. Mireille rassure la maman, parce que c'est son métier de rassurer les mamans, presque autant maintenant que de garder les enfants, mais à présent qu'elle a reposé le combiné, elle vérifie tout de même que les trois petits enfants qu'elle a installés dans la chambre dorment bien paisiblement.

Elle s'assied sur le canapé du salon, entre deux coussins habillés de canevas à motifs animaliers qu'elle a faits elle-même il y a quelques mois, son petit caniche à ses pieds. Mireille aime bien coudre, et les chiens, et cuisiner aussi, et elle aime faire des canevas. Sa mère lui a enseigné le b.a.-ba de la couture, de comment faire des ourlets sans bourrelets, jusqu'à réaliser un coussin tapissier, et elle lui a enseigné le tricot aussi, et quelquefois, les enfants qu'elle garde ont droit à un petit bonnet en laine ou à des petites chaussettes qu'elle leur offre gracieusement, parce qu'elle les aime bien, les petits enfants.

Mireille est gâteuse, la grand-mère idéale pour des petits enfants, et elle a deux grandes filles qu'elle aime profondément, et, même si elle n'a pas pu leur donner la vie dont elles auraient rêvé, au moins elles n'ont pas manqué de l'essentiel, ce qui n'aurait pas été le cas si elle avait eu plus d'enfants, mais Mireille a eu le choix du nombre de ses enfants. Pour elle, ses filles ont eu droit à tout, même si elles ont passé leur enfance à se plaindre de manquer de tout, ce qui est une impression relative. Mireille ne s'est jamais plainte d'avoir vraiment manqué de tout et c'est une vérité absolue.

La maman de Mireille a eu faim. Elle était petite fille pendant la guerre, et il y a eu le rationnement et elle a eu faim. Elle a eu faim parce que le beurre manquait, parce que les Allemands étaient là et qu'il fallait nourrir les Allemands, il n'y avait plus rien.

Puis, elle s'est mariée avec un soldat qui n'est pas mort au combat et elle a eu Mireille, et six autres enfants, soit neuf bouches à nourrir, ce qui était beaucoup pour un petit soldat devenu ouvrier parce qu'il fallait tout reconstruire et qu'il fallait des ouvriers. Alors, Mireille a eu faim, mais ce n'était pas la même faim, c'était la faim des choses appétissantes auxquelles elle n'avait pas droit. La maman de Mireille a eu faim tout court et Mireille avait faim des choses interdites parce qu'elles étaient trop chères. On mangeait des gaudes, de la semoule à l'eau, de la soupe et des galettes de pommes de terre. Les enfants de Mireille raffolent des « crêpes aux patates » de Mireille, mais les filles de Mireille ont eu droit à tout, absolument tout et elles avaient même des chocolats de Pâques et de la bûche de Noël.

Mireille n'a pas pu faire d'études, elle a appris à coudre parce qu'une femme doit coudre et elle ne voulait pas que ses filles finissent comme elle, mais ses filles ne seront pas comme elle, elles pourront travailler et gagner leur argent, même si elles ne veulent pas faire de longues études, et elles pourront utiliser leur propre chéquier, et même une carte bancaire qui ne touche pas le boîtier.

Mireille se demande si elle aurait aimé vivre cette vie-là, mais elle se dit qu'il ne faut pas se demander cela parce qu'elle n'aura jamais cette vie-là. Ses filles et les filles de ses filles pourront choisir la vie qu'elles veulent, leur mari, ou pas de mari, d'ailleurs, et leur métier, un métier de femme ou un métier d'hommes parce qu'il y a des femmes qui peuvent conduire des camions désormais, alors qu'avant elles ne le pouvaient pas, même si elles étaient déjà fortes. Ses filles, les filles de ses filles et les petites filles qu'elle garde auront le choix, le choix des hommes et des métiers, et des aliments aussi et elles n'auront plus besoin qu'on leur donne de quoi manger, parce que ses filles, les filles de ses filles et les petites filles qu'elle garde sont bien nées même si elles ne sont pas riches, parce qu'*elles* sont nées dans un pays riche.

9.

Anna

Regarde, je crois que tu peux être fière de moi. J'ai écouté, et j'ai changé. J'ai appliqué tes règles à la lettre. J'ai tout compté.

Je suis devenue une reine en la matière. J'ai étudié, travaillé d'arrache-pied, essayé de comprendre. Je n'ai même pas seize ans et déjà, je suis la plus calée sur le sujet.

Rappelle-toi, il y a six mois, tu disais que je n'en étais pas capable, que je n'irais jamais loin, que je ne ressemblais à rien. Ils le disaient tous.

Maintenant, regarde-moi, regarde-nous, regarde-toi ! J'étais seule. Nous sommes trois. Toi, elle et moi.

Nous avons écarté tous les dangers, établi la liste des indésirables, qui a grandi chaque jour. Nous étions bêtes, nous nous laissions intimider. Nous étions sous contrôle.

Désormais, nous sommes les seules maîtresses de nos pensées. Les autres, les gens qui nous disent que nous avons tort, sont esclaves de leurs désirs, de leurs passions. Ils ne jurent que par la matière, le terrestre, le corps, ils ne comprennent rien.

Notre esprit est lumière, il est allé plus loin, monté plus haut. Rien ni personne ne nous ôtera cela.

— Quand je pense qu'elle disait qu'on était grosses, Cynthia.
— Une vilaine tante, Elsa.
— Une femme odieuse, qui avait toujours son mot à dire sur tout. Toujours à critiquer maman.
— N'empêche, si elle n'avait pas été là, on aurait continué à gonfler comme un ballon.
— Ne dis pas ces choses-là. Regarde, on voit bien notre clavicule ce matin. Elle ressort très bien.
— Oui, c'est parce que nous n'avons pas mangé depuis hier.
— On a encore évité la sonde.
— Ils disent que sans, on va mourir.
— Bêtises ! Ils veulent nous faire peur pour mieux nous asservir. Ils sont là, à manger des plats grassouillets et ils ont honte.
— Ils vivent dans la culpabilité.
— C'est pour cela qu'ils veulent nous gaver.
— Nous enchaîner à notre condition, comme eux.
— Ternir notre beauté.
— Alors, on redeviendra des grosses vaches, des filles aux bras mous, aux fesses flasques, aux joues grasses, de vrais sacs de bourrelets.
— Heureusement qu'on fait du sport tous les jours.
— Il ne faut pas relâcher. Même si on nous laisse peu d'espace, il faut nous activer. Si on brûle les calories qu'on n'a pas ingérées, on va enlever encore plus de déchets.
— Cynthia…
— Oui, Elsa ?

— J'ai peur… l'infirmière revient…
— Ne t'inquiète pas. Elle ne nous aura pas avec son tuyau. Plutôt mourir, au nom d'Anna.

10.

Ces choses que l'on ne dit pas

Le téléphone sonne. Au fond du train, Elsa se sent gênée. Pourtant, les autres passagers ne réagissent pas, soit ils feignent de ne pas être dérangés, soit ils s'efforcent de ne pas le sembler.

Il faudra vraiment que je songe à désactiver cette foutue sonnerie, se dit la quadragénaire en saisissant l'appareil.

L'écran affiche un numéro en 04-72. L'appel provient de Lyon, sans aucun doute. C'est là qu'elle se rend, pour sa sempiternelle visite mensuelle à sa mère.

Ce ne peut être elle, pourtant. Maria n'appelle jamais que depuis son portable, un numéro en 06 qu'Elsa connaît par cœur depuis des années.

L'hôpital, pense aussitôt la jeune femme. L'angoisse l'enveloppe de son souffle glacial, lui donne la chair de poule.

Elle jette un regard inquiet sur les voyageurs qui l'entourent, une façon naïve de demander la permission. *Je peux ?* Comme si les gens pouvaient deviner l'objet de son appréhension. Son wagon est calme. Un homme d'une cinquantaine d'années, portant une chemise passée de mode, lit un polar à la couverture usée. Les autres restent le nez cloué sur leur portable.

— Allô ?

Sa voix se veut douce et discrète, mais dans un wagon aussi silencieux qu'un tombeau, le moindre mot résonne comme un écho.

Des sièges 1 à 54, tout le monde partage sa conversation, enfin, sa réplique à elle, seulement ; l'autre partie du dialogue prêtant à autant d'interprétations que de fauteuils.

— Vous… vous… êtes sûr ? Mais… est-ce que c'est grave ? Jusqu'à quand restera-t-il à l'hôpital ?

Ce mot, « hôpital », Elsa s'est sentie obligée de le prononcer. Pour que les autres passagers l'entendent, qu'ils ne la fusillent pas du regard. Bien sûr, répondre au téléphone est impoli. Un manque de respect pour les usagers. Mais là, elle ne peut plus se lever. Elle est comme… paralysée.

Le jeune interne, d'une voix trop rassurante pour ne pas inquiéter, parlait bien des Urgences.

L'hôtel des « peaux cassées ».

Opération… poche… consentement.

Elsa n'a pas compris grand-chose et sa tête tente de recomposer les morceaux du dialogue. Elle lève une nouvelle fois les yeux sur ses compagnons de route, traque un battement de cils, un froncement de sourcil, une expression. Ses radars ne voient rien.

Lorsque le drame nous affecte, le désespoir nous pousse à crier, on a envie de le partager, ce drame, de cracher sa haine et de vomir sa peine, de voir les autres s'affliger, s'indigner.

Hélas, ou heureusement, la douleur est une maîtresse fidèle qui n'a d'autre maître que le cœur en peine.

— Est-ce que je peux venir le voir ? […] Non, pas samedi, dimanche.

Elsa pense que demain, elle est avec sa mère. Trop risqué. Il ne faut pas que Maria sache qu'elle voit son père. Sinon, ce serait la guerre. Cette femme au caractère imprévisible a dans son carcan une réserve illimitée de flèches empoisonnées. Certains mots frappent aussi fort que des balles, laissant un impact invisible qui, ne pouvant être repéré et soigné, n'en est que plus brutal.

Alors, Elsa se dit qu'elle prendra son mal en patience, qu'elle appellera demain, tout discrètement, prétextant un coup de fil à son fiancé, pour prendre des nouvelles de son géniteur. Son père. Cet homme qui ne l'a jamais élevée mais dont elle se sent responsable. Cet homme qui n'a plus de famille, plus d'amis, plus d'alliés, depuis le jour où tout a basculé. Cet homme qui n'a peut-être jamais été aimé. Cet homme qui a payé le prix cher. Cet homme qu'elle a aimé dans la haine et qu'elle hait à présent dans l'amour.

Maintenant, elle est là, au chevet de ce corps décharné qu'elle ne reconnaît pas. Six mois qu'elle ne l'a pas vu. Six mois et il a pris vingt ans. Elsa ne saurait dire qui, du corps ou de l'esprit, a renoncé le premier.

Un homme d'à peine soixante-deux ans dans un corps d'octogénaire. Et pourtant ! Pourtant, cet homme qui se tord, qui pleure et qui gazouille n'a jamais été aussi tendre, aussi docile, une bête apprivoisée.

Aux antipodes de la mère.

C'est sa mère qui l'a déposée devant la porte du CHU. Maria, qu'elle a dû informer, sans trop dramatiser. Il fallait bien que quelqu'un la conduise, elle avait trop tardé. Maria avait eu besoin de conseils pour les affaires et c'est pour cela qu'elle avait fait venir sa fille, sous prétexte des joies de la maternité retrouvée. Une maternité retroussée, reprisée, comme un ourlet sur un pantalon trop porté.

— Il faut que je te laisse, maman. Je dois…
— Oh, mais qu'y a-t-il de plus urgent que ta propre mère ? Déjà que tu ne viens me voir qu'une fois par mois, si quand tu viens, c'est pour aller traîner…
— Maman, c'est mon père !

C'était sorti d'un jet. Maria avait été bouche bée. Elle avait bégayé avant de concéder :

— Après tout, je ne peux pas t'empêcher de voir ton père.

Qu'avait-elle voulu dire ? Qu'avait-elle pensé de ces mots lâchés comme des chiens de chasse sur du gibier ?

Les pensées de Maria ont toujours été, pour Elsa, un insondable mystère. Sur un visage souvent inexpressif, strié de routes qui viennent d'on ne sait où et qui semblent ne conduire nulle part, cernées de doutes et de certitudes confuses et noircies aux cachets, la bonté s'est perdue et les désirs arides ont tracé leurs sillages dans des tunnels sous-cutanés.

Elle n'est pas belle, la mère, ne l'a jamais été, mais elle est très rusée.

— Tu sais, ta mère…

Elsa s'approche de son père pour mieux l'écouter. Les traits de son visage se tendent, montrant tout l'effort qu'il fait pour pouvoir s'exprimer de manière audible et articulée.

La jeune femme lui caresse le visage, ce visage aux expressions enfantines. La peau est marquée de toutes ces années qu'il a passées loin d'elle, en prison, à l'hôpital et plus rarement, dans cet appartement qu'on lui avait trouvé et qu'il n'a pu garder. Certaines personnes ne peuvent pas, ne pourront jamais vivre « hors les murs ». L'institution leur donne un cadre. Les barreaux sont, aux yeux de certains, un halo de sécurité, un cercle de protection contre la peur.

Elsa sort son téléphone de la poche de son manteau. Elle l'a retiré, ce manteau. Il ne fait pas froid, heureusement, car elle ne porte qu'un pull léger, peu adapté à ce temps hivernal. Ce mois de mars est glacial. Mais dans cette chambre, à côté du corps brûlant de son père, elle n'a pas froid.

— Est-ce que tu t'ennuies ici ?
— Oui.
— Tu ne regardes pas la télé ?
— On ne peut pas la payer. Ni moi, ni lui.

Lui, c'est son voisin de chambre, un patient avec lequel il n'a jamais échangé un seul mot depuis son arrivée.

Elsa se dit qu'en sortant, elle leur paiera la télévision.

— Tu veux écouter quelque chose ? Je vais mettre une musique. Tu veux quoi ?
— Bachelet.

Les vidéos défilent sous les doigts fins d'Elsa pour s'arrêter sur l'intégrale du chanteur.

La porte de la chambre est ouverte et la voix de Pierre Bachelet chantant *Elle est d'ailleurs* résonne dans les couloirs froids et sobres du 4e étage du Centre hospitalier.

Il chante. Son père connaît les paroles. Un mot sur cinq. Son élocution est hachée, le chanteur débite ses paroles trop vite. Elsa ne connaît pas ces artistes de la génération passée. Il lui semble que sa mère chantait Sardou, et qu'elle aimait Mike Brant aussi, et Dalida…

Les souvenirs nagent dans les eaux sombres du passé. Ils cherchent le présent à la surface mais le présent les noie après les avoir sauvés, comme le pêcheur relâche sa prise après l'avoir ferrée.

Un médecin entre. Elsa coupe le son.

— Mathieu, je te présente ma fille, dit le père, tout fier.

Un jeune médecin au visage rond se tourne vers Elsa.

— Enchanté, madame.

Même si les années passent, c'est toujours étrange pour Elsa d'entendre dire « madame ».

— Votre papa vous a expliqué ?
— Un interne m'a appelée vendredi. J'étais dans le train.

Elsa désigne, d'un signe de la tête, son bagage resté près de la fenêtre.

— D'ailleurs, je ne reste qu'une heure, reprend-elle. Mon train part à 15 h 13.
— Ah, très bien.

Alors le docteur explique. L'intestin trop long, l'opération, la couture fragile qu'il faut surveiller, la poche qu'ils ont pu éviter.

— Vous me rassurez, dit Elsa. Tout à l'heure, lorsque je suis entrée, mon père m'a demandé d'aller chercher ses affaires au Foyer, de les mettre en sécurité. Il croit qu'il va mourir. Il dit aussi qu'il ne veut plus se battre, et qu'il va se tuer, comme un de ses acolytes qui s'est jeté d'une fenêtre et qui a les jambes brisées… enfin, ça non plus, je ne sais pas si c'est vrai.

— Ce matin, il m'a demandé s'il était au paradis. Ce n'est pas facile de déceler. Nous-mêmes, médecins, avons du mal à évaluer sa douleur.

Le médecin se tourne alors vers le père et lui réexplique.

— Vous comprenez, monsieur ? Et c'est pour ça que je vous ai dit de réduire la cigarette, aussi.
— Oui, docteur. Je n'ai pas fumé, vous savez.

Les yeux du père balaient l'espace devant lui. Dans sa tête, il cherche l'issue et la réponse, ou la réponse et l'issue.

— Je vais arrêter.

C'est comme une résolution. Sans y croire, le docteur le félicite et prend congé.

Une infirmière arrive et dépose un plateau presque vide. Un bouillon de légumes et une Danette. Le père se dresse et hurle à mort. Ses yeux laissent échapper des torrents de larmes. Il est comme un petit enfant qui a mal. Elsa s'approche et le prend dans ses bras.

— Qu'as-tu fait ? Enfin ! Il faut appuyer sur le bouton pour que le lit s'incline, papa.

Elsa essuie les cernes humides de son père effrayé.

Plus de peur que de mal, pense-t-elle.

Alors, dans cette étreinte serrée, le père lâche sa douleur, une autre douleur, indicible et retenue, revenue du fond de son âme.

— C'est bien fait pour moi, dit-il. Dieu me punit pour t'avoir attachée quand tu étais petite.

Son regard se perd aussitôt.

Elsa dégage son front, y dépose une larme suivie d'un baiser et de sa voix doucereuse, lui dit :

— Dors, papa, tu dois te reposer, tu es fatigué.

Message de l'auteure :

Lorsque j'ai relu ce texte, avant de le publier, j'ai écouté *Elle est d'ailleurs,* de Pierre Bachelet. Alors, j'ai souri et j'ai laissé couler mes larmes mortes sur mon sourire vivant. Je vous invite à faire de même. Fermez les yeux, et laissez-vous aller ! Joignons nos cœurs et soyons belles, fières d'être celles que nous sommes !

Dans la collection SD, chez Sudarènes Éditions :

Les chats retombent toujours sur leurs pattes (2022).

Chat échaudé craint l'eau froide (2022).

Les confessions du vagin (2022).

Alerte à l'Ehpad, coécrit avec Mary White (2022).

Pour suivre l'auteure :

Vous aimez ? Soutenez l'édition familiale : partagez votre ressenti avec vos réseaux !

© SUDARENES EDITIONS
Dépôt légal : Premier Semestre 2022
ISBN : 97823746445678
Directeur de Publication : David Martin
www.sudarenes.com
www.sudarenes.fr